ESPURNA

bromera

ESPURNA

ÚLTIMS TÍTOLS PUBLICATS

34. *Cartes a la màniga.* Estrella Ramon
35. *L'estirp de l'horror.* Vicent Enric Belda
36. *No em pots dir adéu.* Jesús Cortés
37. *El món de Rocannon.* Ursula K. Le Guin
38. *La Presència.* Mercè Company
39. *Pensaré en tu.* Glòria Llobet
40. *El joc de pensar (converses amb Marta).* Tobies Grimaltos
41. *Només la mar ens parlarà d'amor.* Joan Pla
42. *Generació Z.* David Duran
43. *Per Júpiter!* Vicent Pardo
44. *Amor dels quinze anys, Marilyn.* Agustín Fernández Paz
45. *Menjaré bollycaos per tu.* Pasqual Alapont
46. *El temps no passa per Montmartre.* Joan Pla
47. *Roses negres a Kosovo.* Jesús Cortés
48. *La dama del medalló.* Mercè Company
49. *Els dimonis de Pandora.* Silvestre Vilaplana
50. *Àngels en temps de pluja.* Miguel Vázquez Freire
51. *Aire negre.* Agustín Fernández Paz
52. *Quasi déus.* Montserrat Galícia
53. *Una llar en el món.* Pepa Guardiola
54. *Mirant la lluna.* Joaquim G. Caturla
55. *La Veu.* Mercè Company
56. *el-joc.com.* Gemma Lluch
57. *Jo... i les circumstàncies.* Enric Lluch
58. *Darrere d'una cortina de bany transparent i amb peixos blau marí.* Vicent Pardo
59. *El mal.* Josep Franco

Impressió: *Romanyà - Valls*

1a edició: *abril, 1993*
19a edició: *juny, 2002*
ISBN: *84-7660-142-5*
DL: *B-31462-2002*

PAPER ECOLÒGIC
TCF LLIURE DE CLOR

Què t'angoixa, Núria?

GLÒRIA LLOBET

Premi de narrativa juvenil Vila de l'Eliana 1992

ESPURNA
bromera

Per a l'Anna,
la meva primera lectora i crítica.

1

Després de l'experiència que va significar per a mi la separació matrimonial dels meus pares, pensava —ingènua com sóc— que cap altre daltabaix que hi pogués haver en la meva vida no m'afectaria massa. Estava convençuda que ja havia viscut el meu calvari i no podia ni sospitar que l'equilibri que, finalment, havia assolit era només un parèntesi de calma que m'abocaria a una situació caòtica, mil vegades més caòtica que la que es va produir amb el trencament de relacions entre els meus pares.

Tenia dotze anys quan van prendre la decisió de separar-se i, si bé no em va resultar fàcil acceptar-ho, almenys era una conseqüència lògica, i sovint intuïda, de les tensions que s'amuntegaven dia rere dia, setmana rere setmana, a casa meva. A més, ja havia pogut observar que al meu voltant bufaven els mateixos aires de ruptura perquè més de quatre dels companys que havien començat l'escolarització amb mi s'havien hagut d'enfrontar a aquella realitat. Sabia, doncs, que la meva situació no era insòlita, però crec que l'experiència dels altres no em va ser de gran ajuda en aquells moments de crisi familiar.

En poc de temps tot va canviar considerablement. No només pel fet que el pare no hi fos —tampoc no passava gaire temps a casa—, sinó més aviat pel canvi radical que va experimentar la meva mare i que, de retruc, ens va afectar a nosaltres. Va renovar el seu vestuari, de manera que tots els seus vestits habituals de *senyora* no van tornar a sortir de l'armari i, en canvi, els pantalons i les faldilles texanes no tenien un dia de respir. Va canviar el taló per la sabata plana i només aquest detall ja va treure-li uns quants anys del damunt. Però, a més, es va tallar els cabells ben curts i va deixar de maquillar-se... La suma de tot plegat, més un somriure permanent i desconegut al seu rostre, va aconseguir que de vegades em fos difícil de reconèixer en ella la dona que havia estat mesos abans.

Tal com l'he descrita, el canvi de la meva mare sembla força positiu, però el cert és que em va costar d'empassar-me la seva nova identitat. Gairebé em feia vergonya anar de compres o a passeig amb ella perquè en diverses ocasions algú va comentar que, més que mare i filla, semblàvem germanes. Aquelles paraules a ella la satisfeien força, però a mi em provocaven un cert malestar perquè jo no necessitava cap germana —ja en tenia una, i un germà també—, sinó una persona adulta que m'oferís una mà sòlida en aquells moments en què tot semblava esfondrar-se al meu voltant.

Reconec que la meva inestabilitat emocional no era deguda només a la separació dels meus pares perquè, justament, aquesta circumstància es va produir en una època de la meva vida en què els somnis de la infantesa deixaven pas als horitzons incerts de l'adolescència i tot el meu món estava sotmés a profundes transformacions. Però el fet és que jo atribuïa a la separació dels meus pares la raó dels meus neguits i, fins a cert punt, els en considerava responsables.

Els dies feiners no acusava massa les variacions que s'havien produït en la nostra estructura familiar. Anava a l'escola, em barallava amb els meus germans, ajudava la mare a rentar els plats i l'acompanyava a fer les compres, estudiava, llegia, mirava la televisió... Totes les meves activitats eren les mateixes que abans, quan els meus pares vivien junts. Però els caps de setmana eren un veritable desconcert, tant per a mi com per als meus germans. Abans de la separació dels meus pares, la relació entre nosaltres tres era la que es pot considerar normal entre germans, però el daltabaix que ens va sotragar va propiciar una altra mena de comunicació, molt més íntima, seriosa, gairebé adulta, per tal de fer front comú als esdeveniments que ens queien al damunt. Van sovintejar entre nosaltres les converses transcendents, analítiques, que ens ajudaven a prendre decisions i a adoptar acords per a superar, de la millor manera possible, els entrebancs amb què ens trobàvem.

En Toni tenia dos anys més que jo, però en aquella època semblava que tinguéssim la mateixa edat perquè jo m'havia disparat en el meu creixement i els meus raonaments també eren força madurs. La Mariona era encara una cria i moltes vegades semblava no adonar-se de tot el que passava per sota del seu nas.

Recordo perfectament bé el primer cap de setmana que vam anar amb el pare. Encara no havíem vist el pis on s'havia instal·lat i ell semblava un nen amb sabates noves quan ens el va mostrar. No estava totalment moblat perquè volia que nosaltres l'ajudéssim a triar el que faltava. Havia acabat ja la decoració de la sala d'estar-menjador, del seu dormitori i també vaig descobrir que la cambra de bany tenia tot el que era necessari i més. Dic «i més» perquè em va sobtar que un dels prestatges de l'armari que hi havia al costat del mirall fos ocupat per productes de maquillatge, cremes hidratants, tònics i un flascó de colònia que no era, certament, gaire masculina. No vaig dir res, però en Toni i jo vam canviar una mirada d'alarma que em va confirmar les meves sospites: el pare no vivia sol!

Abans que hagués transcorregut mitja hora, va sonar el ding-dong de la porta i el pare es va aixecar d'un salt per anar a obrir. Va tornar a la saleta d'estar on tots tres érem asseguts, molt formalets, com si féssim una visita, acompanyat d'una noia alta i bruna, de cos atlètic i esguard bellugadís.

—Nois, aquesta és la Mercè —ens va anunciar el pare amb to festiu—. És una bona amiga meva i espero que també ho sigui per a vosaltres...

Durant uns moments ningú no va dir res. Semblava que la imatge s'hagués congelat i, per primera vegada, vaig tenir la sensació de mirar-me per dintre, buscant el recer de la meva pròpia persona per tal de perdre contacte amb aquell entorn que se m'apareixia inhòspit i del tot aliè a mi.

—Us ve de gust beure una Coca-Cola? —va dir trencant el silenci el meu pare, i amb aquella pregunta encara va augmentar més la nostra sensació d'estar allí de visita.

—Sí! —va contestar prestament la meva germana.

—Jo també tinc set... Queda cap cervesa?

La veu de la Mercè era fonda i li va sortir una mica enrogallada. Vaig pensar que si la situació era difícil per a nosaltres, també ho devia ser per a ella, però no vaig fer cap pas per ajudar-la.

—Toni, Núria? En voleu, vosaltres? —va insistir el meu pare davant el nostre silenci.

—No, gràcies —va dir en Toni.

Jo només vaig negar amb un moviment del cap: era encara incapaç de reaccionar.

La tensió es va fer més gran —més gran!— quan el meu pare va desaparèixer en direcció a la cuina. La Mercè no sabia què dir ni què fer. Semblava una noieta desemparada, enfrontada a qui sap quin perill. Els segons passaven tan lentament que no semblava possible que arribessin a convertir-se en minuts. Per fi, la Mercè, fent un esforç evident, va dir:

—Vaig a veure si el vostre pare necessita ajuda...

Ens vam quedar momentàniament sols i vam tenir la primera d'aquelles converses serioses de què he parlat abans.

—Quina sorpresa! —va començar en Toni.

—Què hem de fer ara?

El meu germà em va mirar llargament, com si rumiés la resposta.

—No hi podem fer gran cosa... —va contestar per fi.

—Però és que ella TAMBÉ viu aquí! No has vist l'armari del bany?

—Què passa amb l'armari del bany? —va intervenir la Mariona, que estava absolutament fora de joc.

—Suposo que ens hi haurem d'acostumar...

—Ens ho hauria hagut de dir abans —vaig protestar jo—. Almenys ens haguéssim pogut fer a la idea...

—No sé si hagués estat pitjor encara...

—Què és el que va malament? —va tornar a interrompre la Mariona—. De què parleu?

—Del pare i la Mercè! —vaig contestar amb un deix d'impaciència—. Que no ho veus, tu?

Justament en aquell moment van aparèixer a escena els dos protagonistes. La Mercè duia una safata a la mà i els gots tentinejaven perillosament. Vaig pensar que només faltava que fes una trencadissa...

—Bé, nois... —el pare s'havia assegut al meu costat i la Mercè es va asseure a la butaca que quedava lliure—. Què us sembla si anem a comprar els mobles de les vostres habitacions?

Tots tres estàvem força incòmodes i ens va semblar una bona idea sortir a airejar-nos una mica. La Mercè també va venir a donar el vist-i-plau als mobles que vam triar, va sopar amb nosaltres —en una pizzeria— i, tal com temia, no va anar a dormir a casa seva perquè «casa seva» era el pis del pare.

Aquella nit vam haver de dormir en els matalassos inflables perquè, naturalment, encara no teníem el mobiliari de les nostres habitacions. El pare i la Mercè es van quedar a mirar la pel·lícula que feien a la televisió i així ens van evitar el mal moment de veure'ls desaparèixer darrere la porta de l'habitació de matrimoni. Però, tanmateix, va ser violent per al Toni i per a mi ser conscients que dormien al mateix llit.

De tota manera m'hi vaig acostumar sense massa dificultats. No m'agradava que els pares s'haguessin separat, no m'agradava que el pare compartís el pis amb la Mercè, no m'agradava passar un cap de setmana aquí i l'altre allà... Però m'hi vaig acostumar i, fins i tot, de vegades em semblava divertit participar en les activitats estrambòtiques que s'inventava el pare per tal de distreure'ns... Un dia va portar un bagul de casa els seus pares i ens va engrescar a disfressar-nos amb roba de l'any de la picor. Un altre cap de setmana ens vam trobar a punt tota una paramenta de pintures per fer un mural a la paret del rebedor. En una altra ocasió ens va portar a veure una exhibició d'acrobàcies sobre rodes... Tot plegat, malgrat les distorsions que s'havien produït en les nostres vides, tenía la seva part positiva: quan vivia amb nosaltres, el pare no es prenia pas tantes molèsties per complaure'ns.

Cada vegada que explico a algú que la meva mare va morir en un accident de circulació, quan jo només tenia sis anys, contemplo, indefectiblement, un canvi notori en el rostre de la persona amb qui estic parlant. A força d'anar-ho experimentant, he arribat a la conclusió que tots aquells que no em coneixen gaire em compadeixen sincerament per aquesta desgràcia, com si es tractés d'un fet recent que encara haig de superar. I no és així. Per bé que algú pugui pensar que sóc una persona insensible, haig de confessar que no va ser tan dur com tothom es pensa... De fet, me'n recordo molt poc de la tristesa que, segurament, em va sacsejar en aquell moment, i, el que és ben segur, és que ja no en queda ni rastre.

És clar que jo estimava la mare, igual que tots els nens estimen la seva. Però, a sis anys, estimes qualsevol persona que estigui al teu costat quan la necessites, que et doni constantment l'afecte i les atencions que et calen, que et somrigui càlidament quan et desperta al matí per anar a escola...

Jo estimava la meva mare perquè recordo amb tendresa que ella m'oferia tot el que una mare pot donar al seu fill i sé que hi ha una petita parcel·la de la meva memòria on ella sempre serà present.

Però quan va morir, no vaig entendre absolutament res. Naturalment que a aquella edat jo no tenia assimilat el concepte que implica la paraula mort... Sé que vaig plorar quan vaig notar la seva absència en coses senzilles i habituals com ara les seves escridassades si entrava a casa amb les sabates brutes de fang o els massatges dolços que em feia a l'esquena abans de dormir o que em vingués a preparar, cada matí, la roba que m'havia de posar.

El cas és que la germana del meu pare, la tia Montserrat, que aleshores vivia sola, va traslladar-se a casa nostra per donar un cop de mà al pare. Ell sí que va acusar terriblement la mort de la mamà perquè, a part del dolor que li va causar la seva pèrdua, es va trobar sobtadament sol i, evidentment, incapacitat per a sortir-se'n mig bé de les tasques casolanes i de les exigències d'un marrec com jo. La tia Montserrat no hauria tingut cap inconvenient d'assumir totes les responsabilitats de la casa, però el pare no ho va permetre de cap manera. Va accedir, per necessitats imperioses, al fet que ella vingués a viure amb nosaltres però, en comptes de repenjar-se en l'ajut que ella ens oferia de tan bon grat, el pare va demanar-li que l'ensenyés a cuinar, a planxar la roba, a vestir-me adequadament, a entretenir-me en les meves estones d'oci i a ser tan autosuficient com fos possible.

Tant la tia Montserrat com el pare van abocar en mi tot l'afecte de què disposaven i és per això que la imatge de la mare va començar a desdibuixar-se, a perdre nitidesa i, de mica en mica, sense escarafalls ni angoixes, vaig deixar de trobar-la a faltar.

Quan la tia Montserrat es va casar i se'n va anar a viure al seu nou pis, el pare i jo érem carn i ungla i ja estàvem ben entrenats per a fer front a les tasques domèstiques. Aleshores jo tenia nou anys i ja em feia el llit, m'endreçava els estris, anava a comprar i posava els plats al renta-vaixelles. El pare es cuidava de la resta de feines, tret de la neteja «grossa», que la feia la Rosa, una senyora gran amb aspecte de matrona que venia dos cops a la setmana i, m'enorgulleix dir-ho, sempre es quedava bocabadada de la nostra pulcritud i bona organització.

La nostra existència era senzilla i agradable. El pare havia ajustat els seus horaris laborals de manera que no m'hagués de quedar sol a casa, i les tardes que jo no tenia classe d'anglès, solíem fer un partit de tennis o dedicàvem una estona al *footing*. Els dissabtes venia a dinar la tia Montserrat amb el seu marit, l'oncle Ramon, i passàvem un parell d'hores de la tarda jugant a la canastra, l'únic joc de cartes que, encara ara, és capaç d'entretenir-me llargues estones. El diumenge ens llevàvem tard i dinàvem fora, sempre en un lloc diferent. Agafàvem el cotxe i circulàvem per carreteres i caminois, sovint sense haver decidit un punt de destí. Ens aturàvem quan teníem gana o quan véiem un lloc que ens agradava i, després de dinar, tornàvem cap a casa o anàvem al cinema. Ens agradava, a tots dos, el cinema, però no sempre hi havia a la cartellera alguna pel·lícula adequada a la meva edat i el pare, en això, era molt primmirat.

Periòdicament, anàvem a visitar els meus avis i, cada vegada que posàvem els peus a casa seva, tant els avis paterns com els materns li inflaven el cap, al meu pare, amb la qüestió del matrimoni. Tothom opinava que s'havia de tornar a casar, que jo necessitava les atencions d'una mare i que hi havia moltes bones noies casadores. L'àvia Caterina, especialment, estava obsedida amb aquesta idea i més d'una vegada, com si fos per casualitat, quan anàvem a casa seva, coincidíem amb alguna senyora que m'afalagava, em feia conversa i mirava el meu pare amb ulls llaminers. Però, tots els intents que els uns i els altres van fer de plantar-nos al davant la dona perfecta van ser rebutjats de ple —i molt educadament— per tots dos. Ni el meu pare ni jo no trobàvem a faltar una dona a casa...

Això no vol dir que el meu pare fos un àngel ni que no tingués altres relacions que les estrictament familiars. De vegades, sortia a sopar amb els companys de feina o amb alguna noia, però no n'hi havia cap que li fes prou peça i mai no em va presentar cap de les seves amigues. Deia que, com que no es tractava d'amistats massa estables, no volia embolicar-m'hi... Suposo que feia bé perquè hi havia el perill que jo agafés afecte a les noies amb qui es relacionava i, aleshores, m'ho hauria passat malament quan decidissin de posar fi a la seva relació. El pare, que no tenia secrets per a mi —almenys així em semblava—, me n'havia parlat algunes vegades, d'aquest tema. Jo sentia una certa curiositat per saber com eren les noies amb qui sortia i què feia, però entenia que era un terreny on més valia que no m'hi fiqués. De fet, en aquella època, no tenia gaires nocions de com són les relacions de parella i no era un tema que m'interessés especialment...

2

Després de quatre o cinc mesos, tant els meus germans com jo vam començar a estabilitzar-nos. A casa s'havien acabat les discussions, la mare tenia una aire feliç i jovenívol i el pare i la Mercè ens aviciaven perquè ens veien només cada quinze dies. De mica en mica, em vaig convèncer que la situació no era tan catastròfica com m'havia semblat al principi i vaig acceptar-la resignadament. La vida, després de l'enrenou, va tornar a la normalitat i vaig arribar a la convicció que ja havia superat els pitjors moments. Ja no em moria de vergonya quan havia d'explicar als meus amics que els meus pares no vivien junts ni em preocupava que el pare i la Mercè compartissin el llit de matrimoni. Fins i tot, en alguns moments, em satisfeia que els meus companys es quedessin bocabadats amb la facilitat que jo demostrava a encaixar situacions que molts d'ells no podien comprendre. Recordo especialment un dia, al final del curs, que a la classe estàvem parlant de les vacances, de què faríem i de com aprofitaríem el temps de lleure. La senyoreta Esther, aleshores la meva tutora, em va preguntar:

—I tu, Núria? Què faràs aquest estiu?

—Jo passaré el mes de juliol amb la mare... Hem llogat un apartament a Palamós i també hi vindran els meus cosins. I el mes d'agost aniré amb el pare i la Mercè a recórrer la cornisa cantàbrica. Ens emportarem la tenda de campanya i dormirem cada dia en un lloc diferent...

La senyoreta Esther devia pensar que m'havia posat en un compromís per haver d'explicar davant de tota la classe les meves peculiars perspectives estiuenques i es va posar vermella i es va mossegar els llavis, com feia sempre que estava nerviosa. Alguns dels meus companys, aquells amb qui no em relacionava molt i, per tant, no sabien gaires intimitats de la meva vida, van xiuxiuejar alguns comentaris de sorpresa. No em vaig poder estar d'afegir:

—No es preocupi, senyoreta; no em fa res parlar d'aquest tema... N'estic segura, que les meves vacances seran millors que les de molts dels meus companys... malgrat que els meus pares siguin separats.

Així, doncs, després d'haver experimentat l'angoixa i el trasbals d'una crisi familiar com la que em va tocar de viure, pensava que ja res no em sotragaria, tret, és clar, d'una mort a la família o alguna desgràcia semblant. Fins que no vaig tenir embutxacats els meus catorze anys no vaig poder comprovar que estava equivocada, que encara no havia viscut situacions realment difícils, que havia estat una criatura ingènua i innocent de pensar que era forta, valenta, capaç de menjar-me el món...

Va ser una tarda del mes d'abril. Feia dies que m'anava rumiant si em tallava o no els cabells i, per fi, aquella tarda, havia determinat que sí, que me'ls tallaria a mitja melena, com la meva amiga Mireia. Tornava a casa, després de les dues hores d'escola, amb una sola idea al cap: dir a la mare que m'havia decidit i córrer a la perruqueria abans de penedir-me'n. La Mariona escoltava els meus raonaments sobre aquest tema mentre procurava no quedar-se enrere i es queixava del meu pas massa lleuger. Quan vam arribar a casa, en Toni, que no tenia classe aquella tarda (ja feia segon de BUP), s'estava preparant un entrepà i la mare endreçava els estris de cuina que encara fumejaven al rentavaixelles.

—Mare! M'he decidit! Avui mateix em tallaré els cabells! —vaig dir a penes vaig entrar.

No em vaig adonar que la mare tenia una expressió estranya al rostre, com si estigués preocupada. Però, quan va obrir la boca, ja vaig saber que passava alguna cosa extraordinària.

—Jo també he pres una decisió important aquests dies i, com que us afecta de retruc a vosaltres, n'hem de parlar molt seriosament... Val més que seieu...

Les seves paraules ens van deixar expectants. Vam seure tots quatre al voltant de la taula de la cuina i vam esperar, inquiets, que la mare comencés a explicar-se. Abans de parlar, però, ens va estudiar uns moments, intentant d'imaginar quina seria la nostra reacció.

—Quan el vostre pare i jo ens vam separar no tenia intenció de tornar a viure amb cap home... —va explicar-nos molt seriosament—. Us tenia a vosaltres i no em semblava necessitar res més. Vosaltres també vau tenir prou trasbals amb tot plegat i calia que us adaptéssiu a la nova situació... —Va respirar fondo abans de continuar.— Però, ja fa uns mesos, vaig conèixer un home que em va atreure molt, en Francesc, i he contemplat la situació des d'una altra perspectiva: ja sou més grans i heu demostrat que teniu força capacitat d'adaptar-vos als canvis... Fa temps que sospeso els pros i els contres i he decidit que ja és hora de tirar endavant: en Francesc i jo volem viure junts...

Va aturar-se per recuperar alè —respirava dificultosament a causa del nerviosisme— i va perdre el fil del que ens estava dient. No sabia per on continuar.

—I nosaltres, on viurem? —va inquirir la Mariona.

Aquesta pregunta va sorprendre la mare.

—Què vols dir? Viurem tots plegats, naturalment!

Ni en Toni ni jo no érem capaços d'articular cap paraula, però la Mariona semblava molt interessada a esbrinar què hi havia darrere la porta que la mare ens acabava de deixar oberta.

—Vindrà a viure amb nosaltres aquest senyor?

—No, no vindrà a viure amb nosaltres —va respondre la mare—. Anirem a viure en un altre lloc, una casa gran que us agradarà molt...

Això mateix! A més d'haver de suportar la presència d'un home estrany, ens hauríem de canviar de casa! Vaig voler preguntar les raons que ens havien de fer canviar de domicili, però sentia com si els meus circuits estiguessin desconnectats i no podia lligar les paraules. Amb els ulls vaig buscar la mirada del meu germà, esperant que ell digués alguna cosa per aturar aquell terratrèmol, però en Toni mirava fixament la mare i crec que en els seus ulls hi havia més comprensió que no pas retrets. Em vaig sentir absolutament sola.

—Sé que us he agafat de sorpresa... Fins ara no us he presentat cap dels meus amics perquè no volia desconcertar-vos. Sempre us he mantingut al marge de les meves històries... Però, ara, amb en Francesc, és diferent. No es tracta d'una amistat ocasional... Ho he pensat molt...

—És divorciat també? —en Toni volia informar-se'n, però no tenia cap intenció de protestar.

—No. És viudo. La seva dona va morir fa deu anys. Té un fill de la teva edat...

Un viudo amb un fill de setze anys! Algú havia de fer quelcom per posar fi a tantes bajanades! Ni en Toni ni la Mariona s'adonaven que allò era absolutament inacceptable, així és que em tocaria a mi manifestar la indignació que sentia.

—No pretendràs que, de cop i volta, fem les maletes i ens traslladem a viure en una casa estranya, amb un home desconegut i amb el seu fill que, ben segur, serà un cregut insuportable! No pots obligar-nos a fer una cosa semblant! Vés-hi tu, si vols... Nosaltres ja ens podem espavilar!

En Toni i la Mariona se'm van quedar mirant. La meva germana estava sorpresa amb el meu esclat. En Toni em va fulminar amb la mirada.

—Ho has d'entendre, Núria... Sóc jove encara i tinc dret...

—És clar! Tens tots els drets: dret a separar-te del pare, dret a divertir-te, dret a viure amb un altre home! I nosaltres? Quins drets tenim nosaltres? El dret de callar i aguantar mentre vosaltres aneu torcent els nostres camins?

Estava veritablement irada. Em sentia com un bri de palla portat pel vent d'un cantó a l'altre; els adults jugaven amb la meva vida sense tenir en compte la meva opinió, els meus desitjos, les meves necessitats... No podia resignar-me! Les meves paraules havien brollat inflamades per la ràbia i a la mare li va sobtar la meva agressivitat verbal.

—Núria... —el seu to era conciliador—. Per què dius això? Saps que no és cert... Sempre us he tingut en compte...

—Naturalment! Comunicar-nos les teves decisions és tenir-nos en compte, oi?

La mare no estava preparada per al meu esclat i no va saber, o no va voler, respondre'm. Però ho va fer en Toni i, certament, va ser molt sever:

—Ja n'hi ha prou, Núria! Si no ets capaç de discutir-ho serenament, és millor que callis!

Només em faltava aquell to de veu tan dur en boca del meu germà i, de passada, el convenciment que ell no em faria costat en aquell afer. Em vaig sentir caure vertiginosament en un pou immens, poblat d'impotències, de rancúnies, d'autocompassió i de llàgrimes.

L'inici del canvi va ser gairebé imperceptible, com si la sorpresa s'acostés de puntetes. Però alguna cosa vaig sospitar al llarg d'aquelles primeres setmanes d'abril. Era evident que el meu pare estava neguitós: fumava més del que li era habitual, no suportava cap programa de la televisió, es llevava al matí amb els ulls inflats per la manca de repòs... També van augmentar notòriament els seus sopars fora de casa i un cap de setmana em va deixar *aparcat* a casa de la tia Montserrat, cosa que només havia fet en comptades ocasions.

En realitat, ja feia mesos que havia començat a vestir-se més acuradament, a córrer cada cop que sonava el telèfon i a gaudir d'un humor immillorable. Darrerament, a més, m'havia fet algun comentari sobre aquella noia divorciada que havia conegut, de forma casual, en una reunió de treball amb els directrius d'una empresa que havia establert lligams comercials amb la que el meu pare treballava. La «noia» en qüestió es deia Maria Àngels i, pel que el pare deia, era una persona molt capacitada per als negocis. Era la filla única del propietari de l'empresa i, quan es va separar del seu marit, va decidir d'introduir-se en el món de les finances.

—Et fa res que surti a sopar aquest vespre? —Aquesta pregunta va començar a ser freqüent i el pare me la formulava sempre amb un deix de culpabilitat en la veu.

—És clar que no em fa res! —li contestava jo alegrement.

Aleshores em picava l'ullet amb un gest de complicitat i somreia picardiosament per assegurar-se que jo estava al cas de les seves aventures amoroses, i així, amb el meu velat vist-i-plau, suposo que se sentia reconfortat.

El fet que aquesta situació es perllongués durant mesos no em va alertar. Crec que mai no m'havia plantejat seriosament la possibilitat que el meu pare es tornés a casar i, com que no em va fer cap insinuació en aquest sentit, no se m'havia acudit que les seves relacions amb la Maria Àngels poguessin arribar a ser diferents.

Però aquell mes d'abril ja vaig entendre que una cosa o altra havia de passar, ho copsava claríssimament en el nerviosisme creixent que mostrava el pare. Tot i que sentia curiositat per saber de què anava la història, no li vaig fer preguntes... Suposo que temia que les seves respostes no serien ben bé del meu gust. Era molt més fàcil esperar, com qui no s'adona de res, aferrat a la dita «qui dia passa, any empeny».

El dia que em va proposar d'anar a sopar fora de casa sense cap raó aparent —teníem prou de menjar a la nevera—, vaig comprendre que el pare s'havia decidit a explicar-me les raons del seu neguit. Vam anar a un restaurant que jo no coneixia, suposo que per evitar qualsevol connotació amb el meu món d'horitzons limitats, per fer-me veure no solament llocs sinó també situacions allunyades de la meva quotidianitat.

Quan ens vam haver entaulat, el pare va iniciar una conversa, que jo endevinava forçada i poc interessant per a ell, entorn de les meves classes a l'institut, del treball d'investigació que estava enllestint i de la qualitat dels àpats que feia al *self-service* quan no dinava a casa. Vaig endevinar que el pare necessitava una petita empenta per a decidir-se a abordar el tema que el neguitejava i li vaig dir:

—Em sembla que no m'has fet venir aquí per parlar de l'institut... Per què no m'expliques de què es tracta?

Va somriure en veure que jo havia intuït que m'havia de comunicar alguna cosa d'importància i, com si li haguessin donat corda, va començar la seva dissertació:

—Tens raó, David. Avui hem de parlar d'un assumpte transcendent... Saps que l'àvia Caterina ha passat anys recomanant-me que em busqués una noia per tornar-me a casar i saps també que jo no he cregut mai que fos necessari, ni per a tu ni per a mi, omplir el buit que va deixar la teva mare... Però ara...

Al pare li costava continuar. No li era gens fàcil posar-me al dia dels seus sentiments i, menys encara, dels seus projectes. Vaig encoratjar-lo amb una mirada inquisitiva que posava de manifest el meu interès i es va animar a continuar.

—Ja t'he parlat de la Maria Àngels. Saps que ens hem vist sovint durant aquests darrers mesos... i potser ja has endevinat que la meva relació amb ella és ben diferent de qualsevol altra que hagi pogut tenir en aquests deu anys, des que va morir la teva mare... Crec que ja és hora de fer un plantejament seriós de la situació: tant ella com jo pensem que seria força positiu d'intentar-ho...

—Intentar, què?

—Conviure, naturalment!

Gairebé segur que, en el meu subsconscient, ja sabia que aquest era el punt on havíem d'arribar. Però aquestes perspectives de canvi no em resultaven massa plaents i m'havia negat a sospesar aquesta possibilitat. La intimitat de què havíem gaudit el pare i jo durant deu anys es veuria trencada sobtadament amb la presència d'aquella dona que voldria assumir les iniciatives domèstiques, imposar-nos els seus costums, modificar substancialment la nostra vida... I l'afecte que el pare em tenia, total, sencer, únic... hauria de compartir-lo amb una dona!

De tota manera, jo era un xicot força reflexiu i, en el parell de minuts de silenci ocasionat pel pes opressiu de la paraula «conviure», que el pare acabava de pronunciar, no tan sols em van passar pel cap els sentiments de rebuig, sinó que també vaig adonarme que el meu pare devia començar a sentir-se sol, ara que jo sortia tot sovint amb la meva colla d'amics. Era just, per exemple, que jo m'engresqués fent plans per anar d'acampada amb en Dani i en Pau, a l'estiu, mentre el meu pare s'hauria de quedar sol a casa?

Era evident que el problema es faria més gran a mesura que jo anés guanyant autonomia... No volia renunciar a les sortides amb els meus amics, però em preocupava que el meu pare se sentís sol. La Maria Àngels, tot i els inconvenients que em pogués comportar, em descarregaria de les meves responsabilitats filials...

Mentre tot això em passava veloçment pel cap, el pare esperava impacient la meva reacció. El seu rostre, que s'havia desdibuixat en aquell breu espai de temps que jo m'havia pres per a assimilar-ho, va tornar a aparèixer nítid, expectant, ansiós, davant els meus ulls, a l'altre costat de la taula del restaurant.

—Una bona sorpresa... —vaig murmurar. El cert és que no sabia què havia de dir.

—Com ho veus? Què en penses? —el pare estava encara en blanc pel que fa a la meva reacció.

—Bé... Jo, en principi, no ho veig pas... malament...

Els ulls del meu pare van espurnejar d'alegria.

—De debò?

—Home... No és que m'entusiasmi molt la idea, però, si a tu t'agrada, suposo que a mi també em caurà bé aquesta noia, no?

—Segur que sí! Segur que t'agradarà!

—Com és?

—És una noia molt activa, jove i simpàtica. Fa dos anys que es va divorciar i té tres fills...

No exagero si afirmo que gairebé caic de la cadira en sentir aquesta darrera part de la descripció de la Maria Àngels. Tres fills! Aquesta possibilitat ni m'havia passat pel cap... No podia ni imaginar-me el cataclisme que em venia al damunt!

3

Per molt que jo estimés el meu germà, per molt que valorés les seves opinions i els seus consells, no podia estar d'acord amb ell, amb la seva acceptació, amb el suport que havia donat a la mare per a tirar endavant aquella bogeria.

—Com pots estar-hi d'acord? Com et pot semblar acceptable la idea de conviure amb dos desconeguts? No veus que és una bestiesa?

—No entenc per què ho trobes tan negatiu... Segurament en Francesc és un home força agradable, i el seu fill també. Per què no ho estudies des d'aquest punt de vista?

—Com vols que parteixi de la base que són agradables? Estic segura que no em cauran gens bé!

—Doncs, per què no penses una mica en la felicitat de la mare? A fi de comptes, tampoc no ens afecta tant com et penses...

—Que no ens afecta? No saps què dius!

—No he pas dit que no ens afecti, però digues: quantes hores del dia passem a casa? Tampoc no en són tantes...

En Toni no estava eufòric, tot s'ha de dir, però la devoció que sentia envers la mare li havia fet acceptar a ulls clucs la seva decisió i li sabia greu que jo mostrés tan agressivament el meu desacord perquè la mare s'amoïnava amb els meus esclats.

A la Mariona, en canvi, li feia molta il·lusió canviar de casa i estava impacient per conèixer en Francesc i en David.

—Tu creus que al David li agradarà jugar a escacs?

Havia après aquell joc poques setmanes abans i en Toni i jo sempre buscàvem alguna excusa quan ens proposava de fer una partida.

—Segur que no! I segur que no té cap intenció de jugar-hi amb una principiant com tu!

No vaig disposar de gaire temps per a intentar convèncer els meus germans que s'havien d'unir a mi en la lluita contra el que a mi em semblava l'intolerable projecte de la mare.

Aquell mateix divendres, cap al tard, la mare i en Francesc havien planejat la primera trobada col·lectiva i no puc pas dir que jo hi assistís per pròpia voluntat. La mare es va haver de quadrar amb mi perquè, amb aquell aire insolent que jo em gastava, li vaig fer saber que no pensava anar-hi. Sé que va haver de controlar-se per no clavar-me una bufetada aquell dia, però es va saber dominar i va dir, només, amb una autoritat que jo no li coneixia:

—Vindràs, Núria... encara que t'hagi d'arrossegar!

Vaig plorar més d'una hora i, quan em van fer ficar al cotxe per a anar al lloc on havien quedat de trobar-se, tenia els ulls vermells i inflats i feia uns morros de pam. En Toni se'm va mirar compassivament i em va dir a cau d'orella:

—Au, Núria... quina impressió els causaràs si poses aquesta cara tan poc amistosa?

La seva pregunta només va aconseguir que jo reafirmés aquella actitud: no tenia cap intenció de voler caure bé. Pretenia que en Francesc i en David s'adonessin de la meva hostilitat. Si els resultava odiosa, potser es farien enrere...

No sabia ni on anàvem perquè no havia volgut informar-me de res que tingués a veure amb aquell afer. Però quan la mare, alegrement, com si anéssim d'excursió, va dir que esperava que la casa ens agradés molt, vaig comprendre que, a més de conèixer en Francesc i en David, em farien posar els peus en aquella casa que, sense consultar-me, ja havien llogat.

Era a l'altra banda de la ciutat, als afores, i jo, com que aleshores només veia els aspectes negatius, vaig pensar que quedava molt lluny de l'institut on hauria de començar el BUP el curs vinent. Es tractava d'una torre enorme a la qual s'accedia després de passar una porta de ferro forjat que, aquell dia, era oberta de bat a bat. El camí de terra que menava a la casa era flanquejat d'arbres i, a cada banda, hi havia tant de terreny que no arribava a veure el mur que tancava la propietat. Davant l'edifici, al costat d'un estanyol que oferia un aspecte desolat perquè era buit d'aigua però ple de fulles seques, papers i altres porqueries, hi havia aparcat un cotxe gris metal·litzat. Tot i el meu posat d'indiferència o, millor dit, de rebuig, el cor em va fer un salt en pensar que ja eren allí. Abans que la mare parés el motor vaig veure com ells, en Francesc i en David, sortien del seu cotxe per rebre'ns.

La mare i en Francesc es van saludar amb un petó a la galta —prescindint de la impressió que a nosaltres ens pogués causar veure que es besaven— i van llençar-se nerviosament a fer les presentacions. La Mariona i en Toni van bescanviar encaixades de mans amb en Francesc i en David, però jo em vaig quedar a la vora de l'estany, com si tingués molt d'interès en les fulles mortes que s'hi amuntegaven i no vaig dir ni hola. Esperava que la mare em forcés a saludar-los educadament, però vaig veure, de cua d'ull, que feia un lleu gest amb la mà, un evident «deixeu-la estar», que em va fer sentir molt malament.

—De manera que vosaltres dos teniu la mateixa edat... —deia en Francesc, referint-se al Toni i al David—. I tu, Mariona, tens onze anys, oi?

—Sí, els vaig fer al febrer —vaig sentir que contestava la meva germana.

M'havia aferrat a la barana de l'estany, defugint el moment de la presentació, i ara em sentia tan marginada, tan exclosa de la conversa animada que els altres havien iniciat, tan sola...! No era gens fàcil mantenir aquella actitud estúpida. Ningú no em feia cas, com si jo no fos allí, com si no importés a ningú...

—Heu vist quin jardí? Aquí es poden fer meravelles! —la mare donava a les seves paraules un to d'animació que jo endevinava forçat.

—Què us sembla, entrem? —va proposar en Francesc i tots van començar a caminar cap a la casa.

La mare, que ben segur estava pendent de mi, en veure que jo no em movia, va cridar-me secament pel meu nom. Em va anar bé que m'obligués a seguir-los, perquè ja se'm feia molt difícil aguantar el meu aïllament a la vora de l'estany. En Toni va endarrerir-se una mica per posar-se a la meva altura i em va dir, fluixet:

—Per què t'entestes a fer les coses més difícils encara?

No li vaig tornar resposta, però, molt endins, li vaig agrair que seguís caminant al meu costat tota l'estona que va durar la inspecció de la casa.

Feia olor de tancat, de ranci, de vell i, al primer cop d'ull, em va semblar llòbrega i sinistra. La mare i en Francesc es van apressar a obrir les finestres per esvair aquella olor i per deixar que la llum del dia donés vida a les estances de sostres alts, però al defora ja era gairebé fosc i la llum del crepuscle no va servir gaire als seus propòsits. Vam haver, doncs, de recórrer habitacions i passadissos mal il·luminats amb bombetes de poc voltatge que penjaven, nues, del sostre i que van contribuir a augmentar el meu pessimisme.

—La cuina i els banys s'han de refer de dalt a baix —va prevenir-nos en Francesc abans que poguéssim veure aquelles instal·lacions antediluvianes.

—Fixeu-vos! —va exclamar la Mariona sorpresa—. No hi ha ni rajoles a les parets!

—És que aquesta casa té gairebé cent anys! —va dir rient la mare—. Quan la van construir no podien sospitar que hi vindria a viure una família que necessita renta-vaixelles, microones, congelador...

—On dóna aquesta porta? —la Mariona s'ho estava passant d'allò més bé xafardejant per tots els racons.

—Això és el rebost. Hi posarem prestatgeries a banda i banda i sempre podrem tenir menjar emmagatzemat.

—Quantes habitacions hi ha? —va preguntar en David.

—Hi ha cinc dormitoris al primer pis. Pugem a veure'ls?

En Francesc va obrir la marxa cap a l'escala que partia del rebedor.

—És tètrica, aquesta casa! —vaig dir al Toni amb disgust.

—Ja veuràs com canviarà quan s'hagin acabat les obres i l'hagin pintat... A dalt també s'ha de fer el bany nou, és massa petit...

—Com ho saps?

El meu germà no em va contestar, però era evident que n'havia parlat amb la mare, que ella ja li havia explicat els projectes que tenien d'aterrar parets i aixecar-ne de noves... Potser, fins i tot, l'havia acompanyada a triar les rajoles de la cuina o els sanitaris... Em sentia traïda pels meus germans i la meva lluita en solitari era un pes molt feixuc. Que impotent em trobava davant de tota aquella conspiració!

En Francesc ens va explicar que ell i la mare es quedarien l'habitació més gran i s'hi farien el seu propi bany. Nosaltres disposaríem d'una habitació cadascú i, com que eren força espaioses, faríem envans nous i ampliaríem el bany.

Sense voler reconèixer que hi tenia interès, vaig pensar que jo en preferiria una de les dues que donaven a la façana principal.

L'escala, ampla i de punt rodó, continuava encara després del replà del primer pis, i la meva germana, que ja estava una mica tipa d'escoltar les modificacions que s'havien de fer, va preguntar si podia pujar a dalt.

—És clar que sí! Podeu començar a pujar, que nosaltres venim de seguida... —va contestar la mare, que estava discutint amb en Francesc sobre l'amplada que hauria de tenir la cambra de bany.

L'escala anava a parar a una sala enorme, de sostre inclinat. Tot el pany de paret que formava part de la façana principal de la casa era un seguit de finestres en forma d'arcada i una porta vidriera que donava accés a la terrassa. Sense pensar-ho, vaig anar de dret cap aquella porta i la vaig obrir de bat a bat. La terrassa era limitada per una esvelta balustrada, i dues jardineres decorades amb mosaics de colors reposaven als angles de la barana. A contracor vaig pensar que era una terrassa preciosa i que les jardineres quedarien força bé amb geranis d'aquells que pengen. Em vaig acostar a la barana i vaig contemplar el jardí mig engolit ja per les ombres de la nit.

Per primera vegada des de feia dies, vaig sentir-me tranquil·la, vaig fugir de mi mateixa, d'aquell malson que em martiritzava. Recolzada a la barana, vaig deixar que el temps rellisqués per sobre meu com si jo fos una estàtua decorativa, aliena a tot el que m'envoltava. Els meus ulls no transmetien cap informació al meu cervell. Mirava sense veure res, em negava a contemplar el meu futur, immòbil i silenciós darrere d'un inexistent cortinatge de vellut negre.

Què havia de fer? De quina manera podia plantejar al meu pare, il·lusionat com estava, que no m'agradava el caire que prenien els esdeveniments? Quins raonaments podia esgrimir en contra dels seus projectes per a fer-lo canviar d'opinió?

No se'm va acudir res que fos prou convincent, cap argument que tingués prou pes per a enfrontar-me a l'entusiasme del meu pare. Després de la meva tímida acceptació inicial, es va sentir tan alleugerit que no va parar d'enraonar d'aquell tema. Em va fer saber que la Maria Àngels i ell havien llogat una casa d'estil modernista que era una meravella, on podríem viure tots plegats sense problemes d'espai. Va descriure'm el jardí, les dues palmeres que sobresortien per darrere els arços, l'estanyol que s'havia de netejar abans de comprar els peixos vermells que ja havia encarregat... Em va parlar dels banys i de la cuina que gairebé s'havien d'aterrar i tornar a fer nous, de la gran sala que hi havia sota la teulada, dels mosaics de colors que decoraven la façana... Va confessar-me la seva preocupació per la reacció dels tres fills de la Maria Àngels, com encaixarien la situació, si ens adaptaríem els uns als altres...

Tot plegat era tan important per a ell que no vaig saber veure cap escletxa per on fer passar els meus febles arguments en contra dels seus projectes.

—Vam quedar amb la Maria Àngels que aquest divendres ens trobaríem tots... Com més aviat millor, no? La veritat és que em fa molt de respecte conèixer els seus fills. Què en pensaran, de mi? Els cauré bé?

Jo estava perplex amb tota aquella allau de novetats i amb les il·lusions del meu pare, a qui mai no havia vist tan engrescat... Divendres ens havíem de conèixer! Menys de dos dies per a assimilar el canvi de rumb que havia pres la meva vida!

Segurament va ser encertat donar-nos tan poc temps per a rumiar sobre el nostre esdevenidor. Gairebé no vaig poder dormir aquelles dues nits, assetjat per centenars d'interrogants que em plantejava el fet de trobar-me sobtadament amb una madrastra i tres germanastres. Crec que encara que hagués disposat de mesos per a fer-me a la idea, no hagués aconseguit res més que augmentar el meu nerviosisme. Recordo que en aquelles quaranta-vuit hores vaig pensar mil i una possibilitats, vaig elaborar centenars de suposicions, tan aviat positives com negatives. Pensava, per exemple, que seria agradable tenir un company de la meva mateixa edat amb qui poder jugar a tennis, amb qui anar al cinema... Però al moment següent estava segur que no ens avindríem, que seria molt diferent de mi i discutiríem acaloradament per qualsevol ximpleria...

Feia i desfeia, teixia teories que, atés que no tenien cap fonament, eren fàcilment desmuntades per arguments contraris als inicials. Dos dies de lluita entre dos sentiments antagònics, acceptació i rebuig, que van abocar-me a aquell divendres fet un nus, un embolic tan difícil de descabdellar que, n'estic segur, tothom va adonar-se'n.

El pare i jo vam arribar abans que la Maria Àngels i els seus fills. Vaig disposar d'alguns minuts per a elogiar la bellesa de la torre i per a apuntar algun suggeriment sobre les flors que es podien plantar al parterre que circumdava l'estany. El pare va semblar interessat en les meves aportacions, però estava preocupat. Tot d'una em va dir:

—La Núria no vol ni sentir a parlar de nosaltres... Des que la Maria Àngels li va explicar els nostres projectes, ha adoptat una actitud agressiva i desagradable... La Maria Àngels m'ha dit que no li féssim gaire cas...

—I en Toni i la Mariona, com s'ho han agafat?

—Sembla que en Toni ho aprova, creu que serà positiu, malgrat que no mostra un entusiasme desbordat com la Mariona... A ella sí que li fa il·lusió conèixer-nos, canviar de casa, viure amb nosaltres. Suposo que ho veu una aventura excitant...

En aquell moment vaig sentir el fregadís de les rodes del cotxe sobre el camí de sorra i el meu cor va duplicar el ritme de batecs. El pare em va somriure per donar-me coratge i va obrir la portella de la seva banda. Un moment després, també jo sortia de la precària intimitat del cotxe per posar-me a l'abast de les seves mirades.

La Maria Àngels va ser la primera a sortir. Era una dona atractiva, de cabells curts i moviments àgils. No va tenir gens de vergonya d'acostar-se al meu pare per fer-li un petó a la galta... Vaig apartar la mirada i vaig fer una ullada als tres germans que, com jo, esperaven que algú els presentés. En Toni era alt com jo —pot ser uns centímetres més— i tenia un aspecte molt agradable, a causa sobretot del seu somriure tímid, gest de bona voluntat. La Mariona, al seu costat, es mirava tot el que l'envoltava amb ulls brillants i el seu somriure no era tímid com el del seu germà, sinó ample i franc. La Núria em va donar l'esquena tan bon punt va sortir del cotxe. Va quedar-se al costat de l'estany sense dignar-se a mirar-nos, talment com si no formés part d'aquella escena. Duia els cabells castanys recollits en una cua que li arribava fins a mitja esquena i anava vestida amb texans i sabates d'esport.

El pare i la Maria Àngels ens van presentar els uns als altres, tret de la Núria, que seguia al marge de tot, agafada fermament a la barana de l'estany. La Maria Àngels ens va fer un gest que significava clarament que ens oblidéssim d'ella, que no li donéssim importància. Però, quan vam començar a caminar cap a la casa, la va cridar amb un to de veu que no admetia rèplica i, per primera vegada, li vaig poder veure la cara, no gens amistosa, certament.

Amb un gran esforç d'imaginació i una bona dosi de voluntat, vaig arribar al convenciment que la casa, després de les remodelacions i obres previstes, seria un lloc adequat per a la nostra nombrosa —nombrosa!— família. Per molt que m'hi entestés, no podia acabar d'assimilar que viuríem tots plegats. Sis persones sota aquells sostres alts... Habituat com estava a la tranquil·litat del piset que havia compartit, només, amb el meu pare, no em semblava possible de canviar tan radicalment la meva vida.

Em va agradar molt la gran sala que quedava sota la teulada, amb el sostre pendent i els grans finestrals de punt rodó. A fora ja era gairebé fosc i no em vaig adonar, fins a massa tard, que la Núria era a la terrassa, recolzada a la barana amb aire somiador. Vaig pensar que, si tornava a entrar de seguida, la Núria creuria que la defugia i, com que l'únic que jo volia en aquells moments era ser amable i caure bé, vaig acabar de travessar la terrassa i em vaig plantar al seu costat amb ànim de donar-li conversa i trencar el gel que l'aïllava de nosaltres. Però no sabia com començar i vaig quedar-me uns instants en silenci, observant les ombres impenetrables que s'havien instal·lat al jardí, esperant que fos ella qui parlés primer. No va fer cap moviment que mostrés que s'havia adonat de la meva presència.

—Què et sembla la casa? —se'm va acudir de preguntar-li, amistosament.

No es va dignar a contestar-me. Va fer mitja volta, bruscament, i, amb passes llargues, va tornar cap a l'interior de la casa i em deixà amb la paraula a la boca.

4

L'endemà a la tarda, com gairebé cada dissabte, la Mireia i jo ens vam trobar a la plaça de Dalt Vila. Assegudes en un banc sota l'acàcia que ja verdejava amb brots novells, vam passar molta estona fent confidències entorn de la meva experiència del dia anterior. No n'havia parlat amb ningú més i m'alleujava poder esplaiar-me amb ella.

—Em sembla que ja no hi tinc res a fer... —li vaig dir—. La casa ja està llogada i tenen decidides totes les obres que s'hi han de fer. D'aquí a dues setmanes començaran a treballar-hi...

—Saps quan és previst que us hi traslladeu?

—D'aquí a un parell de mesos... quan acabi el curs, suposo. Quin estiu que m'espera!

—No marxareu de vacances?

—Jo què sé! De moment, l'únic que tinc clar és que el juliol el passarem amb el pare i la Mercè. A l'agost, vés a saber què pensen fer!

La Mireia se'm va quedar mirant compassivament. Era l'única persona que m'entenia.

—No has pensat en la possibilitat d'anar a viure amb el teu pare? Potser seria una solució.

No. No m'havia passat pel cap aquella idea i la vaig rebutjar després d'un moment de sospesar-la.

—Em sembla que no m'agradaria gaire. És segur que en Toni i la Mariona prefereixen quedar-se amb la mare, i què faria jo sola amb el pare i la Mercè?

—No entenc com el teu germà ha pogut acceptar aquesta situació tan fàcilment... Si ell t'hagués fet costat, pot ser que la teva mare hagués canviat d'opinió...

—Ell diu que la mare té dret a refer la seva vida, però jo no hi estic gens d'acord! Si refer la seva vida vol dir destrossar la nostra...

—Home, destrossar tampoc no deu ser la paraula més adequada... Ara exageres una mica, eh?

No em va agradar gens que la meva amiga volgués restar importància a la qüestió. A mi em semblava, veritablement, que la decisió de la meva mare era summament egoista, que no havia pensat en tot el que significava per a nosaltres aquella imposició...

—És clar! Es nota que no ets tu qui està feta pols! Que a tu t'agradaria? T'ho agafaries millor que jo? Els teus pares s'estimen, viuen junts... No tens cap problema tu! No pots entendre...!

La Mireia no estava acostumada a sentir-se colpejada per les meves paraules i em va mirar sorpresa. Va protestar:

—No et pensis que tot són flors i violes a casa meva! Els meus pares viuen junts, sí, però no estic gens segura que s'estimin... Tu no els has sentit discutir ni has vist la meva mare plorar!

Ara vaig ser jo la sorpresa.

—La teva mare plora? Per què?

Va abaixar els ulls i em va respondre amb molt poca veu:

—Fa mesos que sospita que el pare té una amiga...

No m'ho podia creure! El senyor Sala, un home tan seriós, tan respectable, tan assenyat!

—No pot ser!

—Sí que pot ser... La mare només ho sospita, però jo n'estic segura... Un dia els vaig veure.

Continuava sense mirar-me, com si se sentís avergonyida.

—Vas veure el teu pare amb una altra dona? On?

—Al carrer de Sant Antoni. Els vaig veure passar amb el cotxe del pare i... tots dos reien com si haguessin sentit un bon acudit; això és el que em va doldre més! El pare, que a casa és sempre tan sec, tan seriós... es diverteix amb una dona que no és la meva mare...

Les seves paraules eren impregnades d'una amargura que em va fer entristir. Jo sentia ràbia i mostrava la meva disconformitat amb esclats que podien ferir com punyals, però mai no havia sentit una aflicció com la que la Mireia no podia dissimular en aquell moment.

—La vida dels adults és fastigosa! —vaig exclamar sense poder contenir-me—. No hi ha dret que ens facin patir d'aquesta manera!

Cada dia estava més convençuda que els grans eren éssers que es movien amb paràmetres diferents dels meus: perseguien el poder, abusaven de la seva autoritat, embogien pels diners, pregonaven idees que no complien, s'enganyaven els uns als altres... Era un món podrit, vergonyosament fals, farcit de rancúnies i odis, disfressat covardament sota una capa de paraules ben dites...

Vaig passar el braç per damunt les espatlles de la Mireia. La meva situació era pèssima, però vaig admetre que la seva era encara pitjor. Em preguntava com podia suportar la presència del seu pare, com era capaç de parlar amb ell, de sopar a la mateixa taula... després d'haver-lo vist amb la seva amiga.

—Ho vas dir a la teva mare?

—Per què? Prou malament que s'ho passa amb les seves sospites! Què aconseguiria si li fes saber la veritat? Continuarien junts, odiant-se mútuament? Se separarien? Cap dels dos camins és agradable! Què en treuré si parlo amb ella? Fer-la patir, encara més?

Totes dues érem la imatge de la desolació i el desencís aquella tarda. Em resistia a creure que la vida pogués ser tan dura, tan cruel, tan angoixant. Estava deprimida i ensorrada. Ni tan sols podia enganyar-me amb el convenciment que nosaltres, els joves, canviaríem tota la porqueria que els adults havien anat acumulant al seu darrere. No tenia esma per a lluitar contra tantes mesquineses!

Sortosament, la meva amiga superava els estats depressius amb molta més facilitat que no pas jo i, amb un to sobtadament animat, em va preguntar:

—Què, noia? No havíem d'anar a veure la «teva» nova casa?

No és que em fes gaire il·lusió, però ella havia insistit i havíem quedat que ens hi arribaríem per fer una ullada. Segurament, en el fons, tenia ganes de tornar-hi, de veure tranquil·lament —sense la incòmoda presència d'en Francesc i en David— l'indret on hauria de viure durant els següents anys.

Vam agafar un autobús perquè no teníem ganes de caminar. No coneixia gaire aquell barri i em vaig equivocar dues vegades de direcció, però finalment vam trobar-nos davant la porta de ferro forjat.

—És aquí!

Vam mirar per entremig dels barrots de ferro. No hi havia cap senyal de vida al jardí, tret del piular incessant dels ocells que s'amagaven entre el fullam dels nombrosos arbres que vorejaven el camí. Després d'un moment de dubte, em vaig decidir a provar si el reixat no era tancat amb clau. La porta va cedir, impensadament lleugera, sota la pressió del meu braç.

—Entrem? —vaig preguntar vacil·lant.

Tot i que sabia que ja podia considerar-la com casa meva, em sentia com una intrusa, però la Mireia semblava molt decidida i era absurd que ens quedéssim a la porta com si fóssim un parell de tafaneres que furguen en la vida dels altres...

Aquesta vegada, a la llum del dia, vaig poder contemplar a plaer tota l'extensió de terreny que envoltava la torre. El jardí era magnífic, encara que estava molt abandonat. A l'esquerra del camí, entremig dels arbres, vaig veure una glorieta que no havia descobert el dia anterior. Tampoc no m'havia fixat en les buguenvíl·lees que grimpaven per una de les parets laterals de la casa i que donaven vida a centenars de flors de color rosa-lilós que semblaven talment fetes amb paper de seda.

—Quina passada! —la Mireia estava atordida davant la casa enorme, d'aspecte senyorial i de pompositat decadent.

—Veus la terrassa? —la vaig assenyalar amb un gest del braç—. És l'únic que val la pena... M'agradaria veure, de dia, la vista que té sobre el jardí...

Estàvem palplantades a la placeta de l'estany i no vam tenir oportunitat de córrer a amagar-nos quan el cotxe gris metal·litzat d'en Francesc va aparèixer als nostres ulls. Merda! Merda! Com em va humiliar que ens enxampessin allí! El fet que jo hagués anat a mostrar la casa a la meva amiga seria interpretat, sens dubte, pel Francesc i per la meva mare —que ben segur se n'assabentaria—, com una prova evident d'interès per part meva. Em fastidiava enormement que poguessin arribar a aquesta conclusió, ja que m'havia entestat a mostrar una indiferència despectiva i total pel que feia a tot aquell assumpte.

No és que em fes molta il·lusió acompanyar el meu pare a prendre mides aquell dissabte a la tarda, però tampoc no volia que ell pensés que no sentia gens d'entusiasme per la nova casa, de manera que vam agafar una cinta mètrica i un bloc de notes i cap allí que ens vam encaminar.

Em va sorprendre la presència de les dues noies al jardí, però la meva sorpresa va ser encara més gran quan vaig reconèixer la Núria. De primer m'havia pensat que eren dues intruses que s'havien esmunyit dins la finca, aprofitant que el reixat no era tancat amb clau.

—És la Núria! —vaig exclamar incrèdul.

—La Núria? —el meu pare encara no l'havia reconeguda—. Aquesta sí que és bona!

Les dues noies s'havien quedat immòbils amb cara d'estupefacció. La Núria, però, va canviar en un aclucar d'ulls la seva expressió d'haver estat enxampada fent una malifeta per una altra de desafiant.

Vam sortir del cotxe i el meu pare, decidit i amb un ample somriure als llavis, va acostar-se a elles.

—Hola! Quina sorpresa trobar-vos aquí! —va saludar amb to festiu.

Malgrat que el dia anterior no li havíem sentit la veu i que, pel seu aspecte, ningú no podria assegurar que tingués gaires ganes de conversa, la Núria no va gosar ser tan mal educada com per a defugir la salutació del meu pare.

—Hola —va dir, només, i amb veu molt baixa.

Aquesta vegada vaig ser jo qui no va comportar-se massa civilitzadament. No vaig dir-li absolutament res. Ja n'havia tingut prou amb el seu despit del dia anterior...

—Què hi feu, aquí? —va continuar el meu pare sense gens de retrets en la seva pregunta.

—Suposo que hi tinc dret, no? —va contestar ella, aspra, desafiant, descarada—. M'han dit que això és casa meva!

No sé com el pare es va poder dominar. Les seves paraules i, sobretot el seu to de veu, es mereixien una bona plantofada. L'amiga de la Núria també se la va mirar amb ulls esbatanats, sense acabar de creure's que pogués ser tan insolent.

—Evidentment que és casa teva! —va exclamar el pare, ignorant l'agressivitat verbal que la noia gastava—. Has demanat la clau a la teva mare?

Per uns moments va semblar desconcertada.

—És clar que no!

—Ah!

El pare va començar a caminar cap a la casa i, després de fer algunes passes, es va girar un xic i va dir amb tota naturalitat:

—Si vols ensenyar l'interior de la casa a la teva amiga, pots fer-ho: nosaltres sí que hem portat la clau!

I va continuar caminant amb una sang freda que li vaig envejar. Jo estava molest i enfadat per la seva presència i per les seves paraules impertinents. En canvi, ell semblava fins i tot content amb la seva visita i no mostrava cap signe de nerviosisme o de desgrat, com si no hagués copsat en absolut la manca d'educació de la Núria.

Abans de passar la porta, vaig mirar enrere i les vaig veure xiuxiuejant, com si discutissin. Dos minuts després, just quan el pare i jo començàvem a desplegar el metre per prendre les mides dels armaris de la cuina, les vam veure passar, com dues ombres silencioses, camí del menjador. Ben segur que l'amiga de la Núria havia insistit a tafanejar per l'interior de la casa i ella no havia trobat arguments per a negar-s'hi, malgrat el disgust que li causava que nosaltres fóssim allí.

Ens vam posar a la feina, com si no hagués passat res. Però, quan vam sentir que es passejaven pel pis de dalt i no podien sentir les nostres paraules, el pare va dir:

—Crec que serà prou difícil el tracte amb aquesta noia, no et sembla?

Jo no li havia parlat del que havia passat la nit anterior, a la terrassa, perquè no volia que es capfiqués encara més, però, en aquell moment, no vaig dubtar a manifestar-li la impressió que la noia em causava.

—És tan mal educada! No sé com t'has pogut estar de fotre-li una bona bufetada!

Ell va riure, un xic forçadament.

—No hagués pas millorat les nostres relacions si ho hagués fet!

I, després d'un petit silenci, va afegir:

—Per a ella no resulta gens fàcil... Haurem de tenir una mica de paciència...

Que bé! Com si per a mi fos tan senzill tot aquell daltabaix! A sobre m'havia d'escoltar que la pobra Núria necessitava que jo fos pacient amb ella!

El pare estava tan preocupat per les reaccions dels fills de la Maria Àngels que no semblava adonar-se dels meus problemes. No era la meva intenció aconseguir de preocupar-lo i m'havia callat més d'una opinió per tal de no esmorteir les seves il·lusions, però d'aquí al fet que em demanés paciència amb els altres hi anava una bona distància!

—Per a cap de nosaltres no serà fàcil... —vaig apuntar—. Tots ens haurem d'emmotllar a una situació nova. El que passa és que la Núria no té voluntat perquè l'experiència sigui positiva...

—Amb el temps canviarà d'actitud...

Vam interrompre la conversa perquè vam sentir els passos de les noies que baixaven l'escala. L'amiga de la Núria va treure el cap per la porta de la cuina i, amb un lleu somriure als llavis, ens va dir que ja marxaven. La Núria no es va deixar veure, ni tan sols va dir adéu des de lluny.

Aquell vespre vam sopar a casa la tia Montserrat i, mentre l'ajudava a preparar l'amanida, li vaig parlar de la Núria, de la seva hostilitat i de la seva manca d'educació.

—Amb en Toni i amb la Mariona no crec que tingui gaires problemes, però ella és un tros d'imbècil! Imagina't com serà d'agradable conviure amb una persona així!

—Certament, s'ha equivocat aquesta noia amb una actitud tan despectiva! —va donar-me la raó—. No es pot anar per la vida amb aquests aires... De tota manera, crec que canviarà de parer, més tard o més d'hora... Tampoc no ha de ser massa divertit per a ella mantenir-se al marge de tot, ignorar-vos i menysprear-vos d'aquesta manera... Segur que aviat s'adonarà que així no es pot viure!

Vaig pensar que tant de bo tingués raó. Si la Núria mantenia aquell tarannà, aconseguiria que tots ens sentíssim incòmodes i tensos. Prou que ho estàvem ja!

5

Maig i juny van passar molt de pressa. Em vaig submergir en els estudis i aprofitava l'excusa dels exàmens per estar a casa tan poca estona com fos possible. Gairebé cada dia la Mireia i jo ens quedàvem a la biblioteca i després, a casa, passava llargues estones tancada a la meva habitació per no haver de participar en la conversa habitual entorn de les obres, la mudança, la decoració, les plantes, els peixos de l'estany, les rajoles dels banys, la instal·lació dels electrodomèstics...

Tant la mare com en Francesc gaudien d'una bona posició econòmica i no s'havien de mirar gaire a l'hora de comprar el que calia. Tret de quatre objectes decoratius amb valor sentimental, tot seria nou de trinca a la torre modernista. Però a mi no em feia cap il·lusió... M'havia entestat de tal manera a veureho com un forat negre que em girava d'esquena a qualsevol proposta:

—Núria, quan vols anar a triar els mobles de la teva habitació? —em va preguntar la mare una tarda de juny.

—No vull triar mobles! És casa teva i te la pots decorar com millor et sembli!

Encara no sé com la meva mare va tenir tant d'autodomini en aquella època. Reconec que em mereixia que em marquessin la cara d'una bufetada, no només per les meves paraules sinó, sobretot, pel to cínic i desafiant que les acompanyava. Sortosament no sempre estava de pèssim humor. Havia descobert que no era possible mantenir aquella actitud tothora i només em reservava aquesta insolència per a tot el que es referia als canvis imminents. Si no es tocava el tema de la casa, si no es parlava d'en Francesc i en David, em mostrava tan pacífica com sempre, com si res no passés. Però quan sortia el tema —i sortia força sovint, és clar— sabia donar a les meves paraules la forma punxeguda i incisiva dels punyals. I feria, feria a la meva mare, al Toni i a la Mariona, fos qui fos el que se'm posés al davant amb alguna qüestió que tingués a veure amb aquell enrenou.

El meu germà també va tenir molta paciència amb mi, però més d'una vegada ens vam enfadar seriosament.

—El diumenge anirem a dinar a casa en Francesc... La seva germana té ganes de conèixer-nos...

Jo entenia clarament que en Toni feia de mitjancer entre la mare i jo i em feia molta malícia que fos així.

—I m'ho has de dir tu? Que la mare no s'atreveix?

—La mare ja té prou problemes com per a haver d'aguantar a més les teves impertinències!

—Si té problemes serà perquè se'ls ha buscat, no?

—Núria...

Recordo tan bé aquella escena! En Toni, dret al costat del meu escriptori, les mans a les butxaques dels pantalons, adoptant aquell paper paternalista, dolç, suau. I jo, asseguda davant el llibre de matemàtiques, jugant nerviosament amb el bolígraf, procurant tenyir les meves paraules d'una rancúnia que sabia que ell no mereixia...

—No hi aniré! M'és igual que la germana d'en Francesc tingui ganes de conèixer-nos! Jo no en vull saber res, d'aquesta senyora!

—No sé per què persisteixes en aquesta actitud. No t'adones que l'únic que fas és ajornar el que és inevitable?

Ell tenia raó, però en aquells moments encara pensava que podria viure tota la vida mostrant aquella hostilitat descarada envers en Francesc, en David i tot el que els envoltava. No era conscient que cada dia que passava, el meu hermetisme feia que m'allunyés més i més. En comptes de prendre contacte amb en Francesc i en David de mica en mica, em negava a saber de la seva existència. No havia volgut tornar a veure'ls i la mare no m'hi va obligar. Un dia que van venir a sopar a casa, jo em vaig anar a refugiar a casa de la Mireia —tot i que odiava també la presència del seu pare—. En reiterades ocasions, em van voler engrescar per anar a veure com anaven les obres a la torre, però tampoc no hi havia volgut tornar.

—Aniré a dinar amb la Mireia el diumenge! —vaig dir tranquil·lament—. Als seus pares no els sap greu que hi vagi...

En Toni es va asseure al meu llit, sense dir res. Jo endevinava el seu nerviosisme, la situació difícil a què, una vegada més, s'enfrontava. Segur que la mare li havia pregat que intentés de convèncer-me!

—T'obstines a defugir la realitat, amagues el cap sota l'ala... És molt pitjor, Núria. Que no ho veus?

—No, no ho veig! Només sé que em volen imposar la presència de dues persones que no m'interessen gens ni mica i, mentre pugui, els aniré esquivant!

—Ja... I quan visquem tots plegats? Te'ls trobaràs allà, de cop i volta, sota el mateix sostre... Com t'ho penses fer aleshores?

—Passaré a casa tan poc temps com pugui... Tu mateix ho vas dir, que cadascú faria la seva vida i no ens veuríem massa, no?

L'escarnia amb el meu to irònic i desvergonyit, com si tampoc ell no m'importés gens.

—Cada dia estic més convençut de la teva imbecil·litat! —S'havien acabat les bones paraules, la suavitat, els afalagaments per arribar a l'objectiu de ferme claudicar.

—Mira qui parla! Si haguessis estat una mica sensat el primer dia que aquesta història va sortir a la llum, ara no tindríem aquesta discussió! Però no, tu no ets capaç d'enfrontar-te a la mare, no tens la valentia de dir-li que s'equivoca!

El volum de la meva veu havia pujat considerablement. Ell també va acabar cridant, perdut el seu control:

—No es pot parlar amb tu! Ets obstinada fins a l'impensable!

Estava enfadat i vençut. Quan va sortir de la meva habitació va fer un cop de porta que va ressonar molta estona a les meves orelles. Aquelles escenes no m'agradaven gens, malgrat que em donaven una íntima satisfacció: ningú no em podia doblegar!

La Mireia tampoc no aprovava del tot el meu comportament. En ocasions havia intentat de fer-me veure que m'equivocava, però sempre acabava per deixar-ho córrer, impotent enfront la meva tossuderia.

—Només ens queden dues setmanes per a acabar el curs! Estic més que farta d'exàmens!

Jo també estava esgotada. Havíem iniciat aquella cursa contra rellotge amb molta empenta i ara ens faltava l'esprint final. Érem bones estudiantes, però flaquejàvem una mica en matemàtiques i naturals.

—Us traslladareu a la nova casa quan acabi el curs?— em va preguntar innocentment.

—Jo què sé!

—Si no ho saps, deu ser perquè no te'n vols informar, oi?

—Exacte! No me'n vull informar, no en vull saber res...

—Així, què esperes? Que la teva mare et digui «Núria, avui ja dormiràs a la torre»? Vols dir que no en fas un gra massa?

—Millor que deixem aquest tema... Ja saps què en penso, no?

—Justament perquè sé què en penses...

En aquells moments, després de sentir-ho repetir als uns i als altres, ja començava a comprendre que la meva actitud no era precisament la més encertada. Però el meu orgull m'impedia de canviar-la per una de més oberta i receptiva. Semblava molt segura de mi mateixa als ulls dels altres, però no vaig confiar a ningú els malsons que venien a omplir la foscúria de les meves nits. Somiava que, des de la terrassa de la torre, llençava pedres al Francesc i al David per impedir-los que entressin; o que, asseguts a taula, tothom intervenia en una animada conversa de la qual jo no podia participar perquè no sentia res del que deien. M'engoixaven aquests somnis i sabia que eren la conseqüència lògica del meu capteniment, però no podia tornar enrere.

Entre els exàmens i el trasbals ocasionat pel canvi de casa, vaig passar dos mesos d'activitat constant. Hi havia moltes tasques a fer i el meu pare volia implicar-me en tot perquè sentia la necessitat imperiosa de comptar amb el meu vist-i-plau.

Cada dos per tres em proposava d'acompanyar-lo a la torre per veure com progressaven les obres. Després va insistir que l'acompanyés a triar mobles, llums, quadres... La Maria Àngels també venia amb nosaltres, és clar, i de vegades ens acompanyaven en Toni i la Mariona. De mica en mica vam anar consolidant una amistat que, cada dia que passava, era menys forçada. Fins que vaig arribar al punt de sentir que els coneixia des de feia molt de temps i el nostre tracte va esdevenir natural i franc. Després de comprovar que no em sentia gens incòmode amb ells vaig començar a desitjar que acabés tot aquell enrenou i que visquéssim d'una vegada sota el mateix sostre. Necessitava tornar a adquirir els meus hàbits, tenir una existència reposada i tranquil·la, deixar enrere els mil i un detalls que s'havien de preveure i solucionar abans de fer el trasllat.

Finalment, el pare i la Maria Àngels van decidir que la festivitat de Sant Joan seria una data adequada per a iniciar la nostra vida en comú. El curs escolar ja hauria acabat i tots disposaríem de força temps de lleure per a ordenar les nostres pertinences. Els fills de la Maria Àngels marxarien de vacances amb el seu pare el primer dia de juliol i jo també havia aconseguit el permís per a anar de càmping amb els meus amics.

Tot plegat es plantejava, doncs, força bé, molt més senzill del que en un principi havia temut. Ni en Toni ni la Mariona no semblaven interessats a crear cap problema, més aviat el contrari, i el fet de conviure amb ells no significaria que jo hagués de fer canvis en els meus plans. M'il·lusionava passar dues setmanes amb en Dani i en Pau, lliures d'horaris, de responsabilitats, d'obligacions... Em sentia tan autosuficient! Ja érem capaços d'organitzar-nos les vacances pel nostre compte, al marge dels adults!

La Núria no havia donat més senyals de vida, des d'aquella tarda de dissabte que la vam trobar a la torre amb la seva amiga. Era evident que havia eludit qualsevol contacte amb nosaltres, però no m'amoïnava massa la seva actitud. Si ella havia decidit de mantenir-se al marge, no seria jo qui li anés al darrere!

El pare estava més dolgut i capficat que no pas jo amb el comportament de la noia. La Maria Àngels li'n parlava sovint i li expressava la seva preocupació per l'hermetisme de la seva filla. Però ambdós creien que, amb el temps, la Núria ens acceptaria i deixaria el seu posat insolent i desafiant.

A mi, aleshores, m'importava un rave que ens acceptés o no. Al cap i a la fi, pensava, ningú no tenia necessitat de parar esment en ella...

La vigília de Sant Joan va ser de molt de moviment. El pare havia contractat els serveis d'un camió de mudances per tal de traslladar tot allò que ens volíem endur a la casa nova. Malgrat que l'havíem moblada de bell nou, hi havia moltes coses a les quals ni ell ni jo no volíem renunciar: tots els llibres (que no eren pocs), la roba, les plantes d'interior, l'aixovar de la meva mare, àlbums de fotos, objectes decoratius, material d'esport, les col·leccions de monedes i segells, els discos, jocs de taula, treballs escolars de quan era petit, l'ordinador...

Em va sorprendre la gran quantitat d'estris que s'arriben a emmagatzemar en setze anys de vida. Vaig fer una neteja inclement d'armaris, calaixos i racons i vaig llençar gairebé la meitat de tot el que havia anat atresorant. La veritat és que va ser una tasca molt distreta, ja que em va donar l'oportunitat de contemplar objectes que en altre temps havien estat molt valuosos per a mi i que, amb el pas dels anys, havien perdut l'encant que un dia van tenir, com d'altres que, per molts anys que passin, mai no perdran el seu valor. Entre els primers, recordo algunes joguines de les quals no m'havia volgut desprendre, alguns àlbums de cromos, una caixa plena de petxines, unes botes de quan jugava a futbol en l'equip de l'escola... I, entre els objectes que continuo conservant, embolcallats de tendresa, el meu primer rellotge (me'l va regalar la tia Montserrat quan vivia amb nosaltres), una diadema de vellut que la mare solia portar, els treballs escolars, les cartes que em lliuraven els meus amics durant les vacances (i una d'amor que em va escriure la Sandra, una nena de l'escola de qui vaig estar enamorat durant molts mesos), una placa que vaig guanyar en un concurs literari...

Buidar armaris i calaixos em va permetre de fer un recorregut pel que havia estat la meva vida. Vaig desenteranyinar els records de temps llunyans, feliços, despreocupats, i vaig prendre consciència que el canvi que estava a punt de produir-se en la meva vida acabaria de deixar enrere tota una etapa de vivències i donaria pas als nous horitzons que el meu optimisme dibuixava amb traços de colors vius.

6

Jo em pensava que la mare i el Francesc es casarien abans d'anar a viure a la torre modernista. La perspectiva d'una cerimònia al jutjat em semblava horripilant. ¿Quin paper faríem nosaltres, els fills, en la cerimònia de casament d'un dels nostres pares? El cas d'en Francesc era un xic diferent perquè es tractava d'un home viudo i jo sabia que molts viudos es tornen a casar en segones núpcies (com diuen les novel·les). Però no tinc massa clar per quina raó, m'humiliava qui-sap-lo que la mare tornés a contraure matrimoni, encara que fos matrimoni civil.

Anava errada en les meves suposicions, ja que, per molt que afinés l'orella, no vaig sentir cap comentari al respecte i, feta un embolic, vaig arribar a la conclusió que encara era pitjor que no es casessin.

Malgrat haver comprovat —i sofert en carn pròpia— que el nombre de matrimonis que es desfan (o el nombre de matrimonis que es mantenen a pesar del seu malviure) assolia xifres alarmants, de cara a poder creure en la validesa d'aquesta institució, jo era una personeta tradicionalista, amb somnis de prínceps blaus i il·lusions gairebé anacròniques i em va semblar molt malament que la mare i en Francesc es posessin a viure junts sense cerimònies prèvies.

Un vespre, molt a prop ja del dia que ens havíem de mudar de casa, després de meditar llargament sobre aquest tema, vaig irrompre indignada a l'habitació d'en Toni ja que no vaig poder estar-me de comentar al meu germà la repulsió que aquesta qüestió em causava.

—No em diràs que la parella feliç no pensa casar-se! —vaig espetar-li directament, sense cap preàmbul i amb el meu desassosec cremant-me a les galtes.

Em va mirar sorprès, sense saber a què treia cap aquella pregunta, sense saber de què li estava parlant.

—Què et cou ara? A què et refereixes?

—La mare i en Francesc...! Pensen viure junts sense casar-se?

En Toni es va posar a riure en comprendre la meva pregunta.

—Au, va, Núria! No em diràs que això et preocupa!

El seu to em va molestar.

—No em preocupa. M'indigna!

—No m'ho puc creure! Pensava que eres una persona d'idees avançades i resulta que ets més clàssica que els avis...

Aquestes paraules les va dir amb més suavitat, sense el to burleta d'abans, i va tenir la virtut d'aplacar-me un xic i així vaig poder continuar la conversa civilitzadament.

—Una cosa és el que faci la gent jove i una altra ben diferent el que facin els adults...

—I el pare? No em sembla que et disgusti gaire la seva situació!

Com era possible? Ni m'havia passat pel cap que hi pogués haver un paral·lelisme entre ambdues situacions! Em vaig sentir estúpida fins al moll de l'os i vaig quequejar:

—És... és diferent...

—Per què ho havia de ser? Ell i la mare són de la mateixa generació, tots dos són divorciats...

Em volia fondre! L'única objecció que em venia al cap era: «però ell és un home!». I el meu feminisme incipient m'impedia de pronunciar aquelles paraules. Sort que en Toni em va salvar d'aquell mal pas amb els seus raonaments:

—El que passa és que quan el pare i la Mercè van començar a viure junts no et vas qüestionar en profunditat la situació, d'una banda perquè eres més jove i de l'altra perquè només els vèiem cada quinze dies i no ens ho vam plantejar com res que ens afectés massa directament, oi?

És clar! Era per això que no hi havia donat gaire importància!

—Ho veus com el cas del pare va ser diferent? —vaig murmurar sense acabar d'acceptar que estava vençuda.

—No, en el fons és el mateix, la qüestió és la mateixa... Només que la Mercè és la noia que viu amb el pare i en Francesc no tan sols viurà amb la mare, sinó també amb nosaltres.

—No m'ho recordis...

Es va fer un breu silenci. Jo intentava trobar arguments que aclarissin els meus dubtes, però no se me'n presentava cap. Finalment, li vaig preguntar què n'opinava.

—Mira, la veritat és que jo també pensava que s'haurien de casar, però no per mi, per nosaltres, ni per ells... Em preocupaven els comentaris que poguessin sorgir arran d'això, ja saps, els veïns, els amics, el famós «què diran». Però la mare em va fer entendre que no hi ha cap necessitat d'apressar-se... Abans de tornar a contraure matrimoni vol estar segura que som capaços de menar una vida de família tots plegats. No es tracta només d'ella i d'en Francesc... També hi som implicats nosaltres tres i en David...

—Ah, caram! O sigui, que si no es casen és per nosaltres!

—Volen assegurar-se que la nostra convivència serà possible...

I, després d'un moment, va afegir amb to de reny:

—Tu ho hauries d'entendre més que ningú, ja que no poses gaire voluntat en l'empresa!

Per un instant, em vaig veure il·luminada d'una feble esperança: si aconseguia de fer la convivència odiosa, si la mare entenia que jo era profundament desgraciada, potser deixaria els seus interessos de banda per a pensar en els meus? Però aviat vaig tornar a tocar de peus en terra i em vaig dir que, si no ho havia vist clar fins aleshores, no era fàcil que canviés d'opinió. I jo estava cansada de mostrar la meva part adusta i hostil... Em sentia tan al marge, tan sola en la meva lluita!

Estava aterrida per la imminència ineludible del primer dia que ens veuríem les cares sota els sostres alts de la torre modernista. El fet de defugir en Francesc i en David al llarg dels darrers mesos no havia donat altre resultat que augmentar la magnitud del problema.

El meu pànic va arribar al punt culminant la vigília de Sant Joan. Em sentia com un estudiant que ha fet fugina dels exàmens parcials i ha d'afrontar la prova final, jugant-s'ho tot a una sola carta. En Toni i la Mariona s'havien vist amb en Francesc i en David en altres ocasions, havien *treballat* mínimament les bases per tal de no trobar-se de cop i volta convivint amb dos estranys. En canvi, jo havia pretès ignorar la seva existència i ara em trobava amb l'obligació inexcusable de plantar-me al seu davant. A més, les meves fantasies havien desmesurat la realitat donant-li proporcions gegantines...

Vaig passar el dia presa dels nervis, de la por i de l'angoixant sentiment de solitud que havia provocat la meva automarginació.

Havia esperat fins al darrer moment per a recollir les meves pertinences i sort vaig tenir perquè aquesta tasca em va ocupar gran part del dia. Tot i així, la meva angoixa no es va apaivagar i recordo que aquella darrera nit a l'habitació que m'havia acollit durant tota la meva infantesa va ser un constant giravoltar al llit. El neguit que sentia no em permetia de conciliar el son i quan, finalment, esgotada, vaig aconseguir d'adormir-me, em van assetjar els vells somnis inquietants que no em van deslliurar de la meva tensió.

Quan em vaig llevar, la mare i en Toni ja feia estona que se n'havien anat a la torre amb el cotxe carregat de paquets. Els estris de més embalum se'ls havia emportats un transportista feia dos dies, però entre els uns i els altres havíem fet un bon equipatge de darrera hora. Al rebedor encara hi havia algunes bosses i capses de cartró que esperaven el moment de ser traslladades.

La Mariona, asseguda a la taula de la cuina davant un bol ple de llet i cereals, em va dir bon dia amb els ulls brillants d'excitació.

—La mare i en Toni han dit que tornarien cap a les onze per carregar la resta de paquets. Cal que ens afanyem! Ja has recollit els teus llençols?

—És clar que no! M'acabo de llevar!

El meu to aspre no va desmoralitzar la meva germana.

—¡Ja veuràs que bonic ha quedat tot! No ho reconeixeràs. Les meves amigues es moriran de la impressió quan ho vegin! La mare em va prometre que faríem una festa d'inauguració... Serà sensacional!

—Això mateix! Una festa d'inauguració. Quina bajanada!

La Mariona va comprendre que jo no estava a to amb el seu humor i va apressar-se a acabar de desdejunar, sense més comentaris.

Mentre em pentinava vaig sentir la temptació de

fer un truc a la Mireia per a preguntar-li si podia anar a dinar a casa seva i, d'aquesta manera, posposar un xic més el meu encontre amb en Francesc i en David. Però amb un gest de resignació vaig renunciar a aquella idea.

—Com pots ser tan covarda, Núria? —vaig espetar a la meva imatge reflectida al mirall.

No em va tornar resposta.

Quan el pare i jo vam arribar, la Maria Àngels i els seus fills ja feia estona que feinejaven a la torre. La Maria Àngels anava d'una habitació a l'altra repartint llençols i recomanant als seus fills que deixessin els llits fets abans del dinar.

—Hola, ja som aquí! —va saludar jovialment el meu pare mentre pujava l'escala de dos en dos. Duia als braços un ram de flors molt vistós que havíem passat a recollir a la floristeria.

—Ei! Què és això? —ens va contestar la Maria Àngels al replà de l'escala.

El pare li va lliurar el ram i la va besar.

—Flors per a la reina del castell! —va dir rialler i, en veu baixa va preguntar:— Han vingut les dues princeses?

Va recalcar la paraula «dues» i quedava ben clar que ho deia per la Núria.

—Aquesta vegada sí que ha vingut, i no l'he haguda d'obligar! —va xiuxiuejar ella—. Temia que...

No va acabar la frase, suposo que pel fet de ser jo allí present.

—T'he deixat els teus llençols damunt el llit —em va dir—. Més val que te'l facis abans de l'hora de dinar...

Diligent, me'n vaig anar cap a la meva habitació a complir l'encàrrec. Tant en Toni com la Mariona tenien les portes de les respectives habitacions obertes de bat a bat. Tots dos estaven enfeinats endreçant les seves propietats. Els vaig saludar breument, tot passant, i me'n vaig anar a la meva feina. La Núria tenia la porta de la seva habitació tancada i no la vaig veure fins a l'hora de dinar.

Quan ens vam asseure al voltant de la gran taula del menjador, tots ens sentíem una mica estranys, incòmodes en aquella situació de pel·lícula. Ella, la Núria, devia sentir el mateix que nosaltres, però multiplicat per una quantitat elevada. Si més no, tots els altres ja ens havíem *entrenat* en altres ocasions... No vaig veure en ella la seva habitual actitud desafiant (que aconseguia amb el gest d'aixecar notòriament la barbeta), sinó que més aviat tenia un aire força esporuguit, com si la nostra presència l'aclaparés. No va intervenir en la conversa general, de to festiu, que vam teixir entre tots al llarg d'aquell primer àpat comunitari. Tampoc ningú no li va adreçar cap comentari o cap pregunta que la posés en la disjuntiva de respondre o no. Tret de les mirades dissimulades que els uns i els altres li vam dirigir, tothom semblava ignorar-la. Potser hagués estat més fàcil la seva integració al grup si algú li hagués adreçat la paraula directament, obligant-la a respondre? Tot i que aquell dia pensava que si se sentia a disgust era ben bé perquè ella s'ho havia buscat, em sabia greu, en veure-la tan desvalguda, que ningú no li donés un cop de mà.

La Mariona, que, de bon tros, era la més xerraire i despreocupada de la colla, va encetar el tema de la festa d'inauguració.

—I doncs? Quin dia farem la festa? Ha de ser abans que ens n'anem de vacances amb el pare...

—Vols dir que no serà molt precipitat? No voleu que la deixem per a l'agost? —va inquirir la Maria Àngels.

—És que a l'agost totes les meves amigues seran fora... —va oposar la Mariona—. Val més que l'organitzem de seguida!

—Em sembla que la Mariona té raó —vaig intervenir jo—. Els meus amics també seran de vacances a l'agost... I tampoc no ens costarà gaire fer els preparatius, només cal avisar els amics i preparar un bon berenar, no?

—Ja ens repartirem la feina! —va dir en Toni. I va afegir rient:— Som una bona colla...

Gairebé no vam parlar d'altra cosa durant la resta del dinar. Vam acordar que, en un principi, ens trobaríem tots plegats, adults i joves, a la gran sala de dalt. El pare i la Maria Àngels també convidarien els seus amics i familiars respectius. La tia Montserrat i l'oncle Ramon no hi podien faltar! Després, els grans se n'anirien a la saleta i ens deixarien pista lliure per a xerrar, escoltar música o ballar.

—Qui penses convidar? —va preguntar la Mariona al Toni.

—Tens interès especial en algú? —va respondre ell sorneguer.

La Mariona es va ben enrojolar.

—Estigues tranquil·la: estic segur que en Manel vindrà...

La pobra Mariona va acabar d'adquirir la tonalitat dels tomàquets madurs en veure's descoberta. La seva mare va desviar el tema:

—I tu? Qui penses convidar?

—La Neus, la Maria, la Laura, la Sara, la Roser... No sé, a la Roser potser no li diré res. S'està tornant més badoca! Des que li va venir la regla es pensa que és qui sap què. Quins fums!

Ara va ser la Núria qui va envermellir. Jo tampoc no estava avesat a aquella mena de comentaris i, encara que la Mariona l'havia fet amb tota naturalitat, també em vaig quedar talladíssim. En un instant vaig deduir que la Núria ja era prou gran per tenir la regla i que la Mariona encara era massa jove per a haver fet el canvi. A la Núria la violentava aquell tema de conversa i, per contra, la Mariona en parlava com qui comenta la situació meteorològica.

Fins aleshores no m'havia aturat a meditar en profunditat les particularitats d'haver de conviure amb dones i en aquell primer dinar ja vaig sospitar que era un punt a tenir en compte.

No imaginava, però, que aquest fet em comportés tants de trastorns.

Sense més entrebancs, vam acabar el nostre primer dinar a la torre. Quan els quatre grans flairàvem l'aroma del cafè acabat de fer, la Núria va pronunciar, amb veu enrogallada per manca d'exercici, les seves primeres paraules en la nostra presència:

—Puc marxar? —va dir adreçant-se a la seva mare—. He quedat amb la Mireia...

—Molt bé! —va accedir la Maria Àngels—. Pensa a convidar-la a la festa...

La Núria va fer cas omís d'aquella recomanació i es va aixecar ràpidament. Va desaparèixer sense acomiadar-se de ningú.

7

Quin dinar el del primer dia! Mai no m'ho havia passat tan malament! Tothom xerrava i jo estava exclosa de la conversa, com en els meus malsons. Ningú no em va adreçar la paraula, talment com si jo no hi fos i, això no obstant, tots eren conscients de la meva presència i jo sentia opressivament els seus esguards de cua d'ull.

Quan van començar a parlar de la famosa festa, vaig témer —i alhora vaig desitjar— que algú em preguntés a qui pensava convidar o alguna cosa de semblant. Tremolava només de pensar que em podia veure obligada a contestar, malgrat que, en el fons, hagués agraït que algú em deslliurés del meu mutisme. Però no. Ningú no em va dirigir cap pregunta i jo sola no podia sortir del meu silenci...

Quan la Mariona va parlar de la seva amiga Roser, que ja tenia la regla, m'hagués volgut fondre! Com podia ser tan desvergonyida de comentar-ho davant d'en Francesc i d'en David? La meva germana no semblava conscient dels canvis més que evidents que s'havien produït en la nostra «família». La seva xerrameca constant era igual d'espontània que quan érem sols...

Tan bon punt vam acabar de dinar, vaig demanar permís per a marxar amb la Mireia. Ja no podia suportar per més temps la tensió que s'havia anat acumulant dins meu. Quina creu! Només de pensar que a l'hora de sopar tornaria a trobar-me amb el mateix programa, em volia fondre!

La Mireia em va cosir a preguntes. No sé del cert si s'interessava pel que jo pogués sentir o era presa de la curiositat per saber com eren, què havien dit, què feien... els dos nous membres de la família.

—Ja eren allí quan tu has arribat?

—No... Han vingut més tard.

—I què t'han dit?

—No res! No els he vistos fins a l'hora de dinar perquè jo era a la meva habitació, endreçant els meus estris...

—Però has parlat amb ells? Els has dit alguna cosa? —va insistir.

—No ens hem dirigit la paraula en cap moment! Ni jo els he dit res ni ells no m'han dit res a mi.

—Com pot ser? No els has saludat?

—Naturalment que no!

Als seus ulls hi havia incredulitat i sorpresa.

—I en Toni i la Mariona? Estaven violents ells?

—Violents? Ja! Haguessis hagut de sentir la meva germana! ¿Pots creure que ha dit que no convidaria la Roser a la festa d'inauguració perquè des que li va venir la regla s'ha tornat molt creguda?

—Això ha dit? Davant d'ells? —la Mireia estava tan escandalitzada com jo mateixa.

—Ja ho veus! No n'estava pas gens, de violenta ella, però ens ha fet posar vermells a tots... I bé...

—vaig dubtar—. Això de la festa... No crec que la mare em permeti d'escapolir-me'n...

—Quina festa?

—Tots estan engrescats com criatures! Volen fer una festa d'inauguració per mostrar la casa als amics... Cadascú pot convidar qui vulgui...

—Quina barreja, no? Els amics d'en Toni, les amigues de la Mariona, els amics d'en David... les teves amigues...

—I amics i parents de la mare i d'en Francesc, també! No sé si ho podré suportar!

—Per què no? Pot ser molt divertit, amb tanta gent...

—Si m'hi fan anar, vindràs?

—És clar que sí! Però hauràs de convidar algú més, no?

—Em moriré de vergonya!

—Per què? —evidentment, la Mireia estava molt més engrescada que no pas jo—. Si el teu germà porta mitja dotzena d'amics i en David en fa un altre tant, tu també hauràs de portar un bon grapat de noies! Ens ho podem passar pipa!

No compartia gens ni mica la seva opinió. Naturalment, ella no podia sentir el mateix que jo, no acabava de creure's que en Francesc i en David m'havien ignorat completament... Per a ella, aquella festa seria una oportunitat de conèixer una pila de nois, de divertir-se... Com podia entendre que jo no en volgués sentir a parlar? Vaig posar fre a la seva animació:

—Si la mare no m'obliga, no penso participar en aquesta ximpleria!

La Mireia se'm va quedar mirant i, durant una estona no va dir res. Per fi, va decidir-se a fer-me un bon sermó.

—Mira, Núria, em sembla que ja estàs passant de mida... —Va començar amb to suau però amb la fermesa del seu convenciment.— Vas mostrar-te contrària als projectes de la teva mare, has estat insolent i grollera amb en Francesc i en David, has passat dos mesos donant-los l'esquena amb insolència... I què? Què n'has tret? Has aconseguit que ells canviessin d'opinió? Algú t'ha fet costat? Només has aconseguit de passar-t'ho molt malament i de fer-ho passar malament als altres. I ara ja no serveix de res la teva actitud. Ningú no pensa fer-se enrere! Que no ho veus? Val més que intentis adaptar-te a la situació i de treure'n tant profit com puguis...

En més d'una ocasió la Mireia havia provat de fer-me veure aquella realitat, però mai no li havia permès que m'expressés tan clarament els seus pensaments. Tampoc no s'havia mostrat mai tan segura ni tan contundent. El pitjor de tot és que jo també ho sabia. Sabia que estava vençuda, que no podia fer-hi res, que la meva actitud era estúpida i, sobretot, molt feixuga per a les meves espatlles. També sabia, encara que m'hauria deixat matar abans d'admetre-ho, que en Francesc i en David no eren tan desagradables com jo m'entestava a veure'ls i que la convivència de tots plegats podia tenir molts aspectes positius.

Els meus ulls estaven negats de llàgrimes quan, amb una resta ben minsa d'orgull, vaig preguntar a la meva amiga:

—Com vols que em retracti, ara?

No era tan senzill i la Mireia també ho sabia. No podia, de cop i volta, aparèixer davant de tots amb un somriure d'orella a orella. No podia presentar-me allí com si res no hagués passat, com si conegués en Francesc i en David de tota la vida...

—Jo crec que t'hi has d'anar ficant de mica en mica, deixar caure un «hola» discret quan arribis i un «adéu» general quan marxis. I frases intranscendents com ara «em passes l'aigua, si et plau» o «quina calor que ha fet avui, eh?».

—Ho veus molt fàcil, des de fora... —vaig protestar.

De fet, el que ella em proposava podia semblar una nimietat, però per a mi, en aquells moments, em resultava impensable. No em sentia capaç, no podia empassar-me el meu amor propi tan senzillament.

Quan vaig tornar a la torre aquell vespre, tenia el cor en un puny. El camí vorejat d'arbres, des de la reixa d'entrada fins a la casa, el vaig fer amb el pas pesant, gairebé arrossegant els peus i intentant d'imaginar-me què devien estar fent dins la casa. Serien tots a la saleta? Estarien mirant un programa de televisió? S'haurien reclòs cadascú a la seva habitació? Serien tots a casa o em trobaria només amb la mare i en Francesc?

Vaig tocar el timbre i, durant els breus moments d'espera, sé que vaig pensar que no tenia, de cap manera, la sensació de tornar a casa meva. Era tot tan incòmode, tan estrany, tan tens...

Va ser en David qui em va venir a obrir la porta. Només per un instant els nostres ulls van ensopegar i vaig sentir com una descàrrega electritzant —adrenalina, en diuen— recorria el meu cos de cap a peus.

—Hola, Núria —va dir amb una veu sense cap mena d'inflexions.

—Hola —vaig contestar jo en un to igualment àton.

Tot seguit va girar-se'm d'esquena i va desaparèixer passadís enllà, cap a la saleta. Vaig sentir la veu del presentador del telenotícies i vaig suposar que la resta de la família també era a la saleta, mirant la televisió.

Què havia de fer? M'esmunyia cap a la meva habitació fins que fos l'hora de sopar o m'integrava al grup, procurant passar tan desapercebuda com fos possible?

Les conclusions a què m'havia portat la conversa amb la Mireia em van fer inclinar —malgrat que el meu instint em dictava el contrari— per la segona opció. Si volia posar remei a aquella situació tan incòmoda que jo mateixa m'havia forjat, calia que m'acostés als membres de la meva família, en lloc d'allunyar-me'n. Vaig superar, doncs, la temptació d'escapar-me escala amunt i vaig encaminar les meves passes cap a la saleta amb el cor bategant sorollosament. El llum de la cuina era obert i, des del llindar de la porta, vaig veure-hi la meva germana molt atrafegada. Em vaig sentir momentàniament salvada. Si em quedava amb ella adoptava una posició intermèdia: ni la fugida cap a la meva habitació ni la valorosa entrada a la saleta.

—Hola! Què estàs fent?

—Acabo de fer un pastís de formatge... Si haguessis vingut un quart abans, m'hauries pogut ajudar...

A la Mariona li agradava cuinar. Des que la mare li va permetre de remenar al forn elèctric i d'encendre els fogons, tot sovint ens sorprenia amb pastissos, amanides exòtiques o salses desconegudes. Val a dir que la mare d'una amiga seva era cuinera i li havia explicat més d'un secret culinari. Com que la meva mare tenia molt poca imaginació a l'hora de guisar, les intervencions de la Mariona en aquest camp eren sempre ben rebudes.

—T'ajudaré a recollir això —vaig oferir-me, assenyalant les closques d'ou, els envasos de iogurt i els plats, forquilles i pots bruts que hi havia escampats per damunt el marbre.

—Què heu fet aquesta tarda? —li vaig preguntar mentre llençava les deixalles.

—Uf! No me'n parlis! —va fer ella teatralment—. He passat més de dues hores endreçant les meves coses! Després he estat ajudant en Toni i en David a organitzar la biblioteca...

—Quina biblioteca?

—Hem posat junts tots els llibres i els hem començat a classificar. Si veiessis quina pila n'ha portat en David!

—No deveu haver tocat els meus, oi? —ja havia intuït que sí, que havien remenat els meus llibres, i em vaig començar a enfadar fins i tot abans que la Mariona m'ho confirmés.

—És que els posarem tots junts, a la sala de dalt...— la meva germana parlava amb cautela, com si s'esperés la meva reacció.

—Els meus llibres han d'anar a la meva habitació! Ja hi tinc prestatgeries...

—Però...

Sortosament, la mare va aparèixer en aquell moment i no vaig poder enfurismar-me més per la qüestió de la biblioteca.

—Què? Ja està aquest pastís de formatge? Ah, Núria! Ets aquí?

La mare, tot i que em semblava que la meva presència la feia posar nerviosa, estava radiant. Crec que en cap moment al llarg d'aquells mesos no vaig saber valorar fins a quin punt era important per a ella la decisió que havia pres. I, curiosament, tornava a vestir-se amb vestits-jaqueta i altres peces de roba més adients a la seva edat que no pas les faldilles texanes. De tota manera, l'entusiasme permanent al seu rostre contribuïa a donar-li un aspecte jove i vivaç que jo, amb les meves cabòries, no havia remarcat fins aquell vespre.

Darrere la mare, molt animat, va entrar en David.

—Quina olor! És per a sopar, això?

—És un pastís de formatge, de postres —va explicar orgullosament la Mariona.

—A la Mariona li agrada la cuina, més que no pas a mi —va dir la mare—. Ja veuràs quin pastís més bo!

—A mi també m'agrada cuinar —ens va informar en David— Ajudo a fer el sopar?

—Jo començaré a parar taula... —vaig dir. I em va sorprendre la facilitat amb què aquesta frase s'havia format als meus llavis—. On són les estovalles?

Els dies que quedaven del mes de juny els vam passar més o menys bé. En Toni i jo teníem dos caràcters que, sense ser massa semblants, s'avenien força. Les nostres xerrades versaven sobre temes tan diversos com els esports, el cinema, la nostra preocupació pel futur, valoracions filosòfiques de l'amistat, la religió, l'amor...

Com que la calor començava a picar, vam acostumar-nos a utilitzar la magnífica terrassa de dalt on havíem posat una tauleta i cadires de ferro forjat. Després del sopar, ens hi instal·làvem amb un got de cafè amb gel i compartíem les hores en un ambient més que agradable. Ningú no ens venia a destorbar, ja que el pare i la Maria Àngels, com dos adolescents romàntics, solien sortir a fer un tomb pel jardí i les germanes d'en Toni es quedaven a veure la televisió. La Núria havia abandonat el seu posat de gat salvatge i semblava menys disposada a esgarrapar qui li portés la contrària. De tota manera, no es mostrava oberta ni amistosa. Participava mínimament de les converses i col·laborava en les tasques domèstiques, però no es pot dir que irradiés felicitat i simpatia. Malgrat que no es comportava grollerament ni amb el pare ni amb mi, aprofitava qualsevol oportunitat que se li presentés per a fer-nos sentir culpables d'estar allí, com si fóssim dos intrusos que haguéssim atropellat la seva intimitat. Que consti que jo procurava no provocar-la... L'evitava tant com podia i no li dirigia la paraula directament, si no era imprescindible. Però ella sempre trobava un motiu o altre per a fer-nos prendre consciència dels nostres petits errors, de les més minúscules invasions del seu territori.

La qüestió dels seus llibres va ser la primera causa de polèmica i, encara que en cap moment no em va acusar a mi directament, de retruc i com a propulsor de la idea de fer una biblioteca comunitària, em vaig sentit força al·ludit.

—Els meus llibres els vull a la meva habitació! —va declarar enèrgicament, dirigint-se al Toni—. No se us acudeixi de tocar-los...

—Però és una bona idea posar-los tots junts —va argumentar el seu germà—. Ja hem començat a classificar-los...

—Ni parlar-ne! Vosaltres feu el que us plagui, però no compteu amb els meus llibres... Està ben clar?

Estava ben clar. Ja vaig intuir que qualsevol de les meves idees seria rebutjada, no perquè no fos bona, sinó per ser, precisament, meva.

També el pare va rebre els esquitxos de l'aversió

que la Núria ens tenia, encara que no la posés de manifest en forma d'atacs directes i contundents. Al pare sempre li han agradat molt les amanides, el gaspatxo i les verdures. Tanmateix eren plats molt adients per a aquella època de l'any, quan la calor invitava a àpats lleugers i refrescants. La Maria Àngels ens preparava suculentes amanides combinant ingredients tan variats com poma, formatge, blat de moro, pernil dolç, tonyina, anxoves...

Un dia, en veure que el primer plat del dinar consistia en una amanida d'arròs, pinya i pernil dolç, la Núria va obrir novament l'aixeta del seu mal caràcter:

—Una altra vegada amanida? Que no es pot menjar res millor en aquesta casa?

—Vénen molt bé les amanides a l'estiu... —va contestar amb suavitat la seva mare.

—Doncs has tardat prou a adonar-te'n —va espetar la Núria esmolant les seves armes—. Abans no en feies gairebé mai, d'amanides. No sé per quina raó ara, de sobte, no mengem altra cosa!

Sabia quina era la raó. S'adonava perfectament que la seva mare havia canviat els costums culinaris per complaure el meu pare... i volia deixar constància que ella no ho aprovava, que allò beneficiava el meu pare en detriment del que li agradava a ella. Pretenia que la seva mare veiés que els canvis de costums no eren del seu gust i, a més, carregava el meu pare amb la culpa, ja que ell era el causant d'aquells canvis que li eren tan desagradosos.

De tota manera, no puc dir que el seu malhumor fos constant ni que jo em capfiqués massa amb els seus esclats de geni. Si he de dir la veritat, no ens vam veure gaire durant aquells darrers dies de juny i els seus atacs contra el pare i contra mi, a més de no ser directes, eren puntuals i aïllats. Ella feia la seva vida i jo la meva. Molts matins se n'anava a la piscina amb les seves amigues i, a les tardes, desapareixia igualment, sempre amb pressa per perdre'ns de vista. Jo pensava que la Maria Àngels hauria de ser més autoritària amb ella perquè no em semblava gens correcte que una nena de la seva edat passés el dia voltant pels carrers, sense donar explicacions a ningú. Però la seva mare la deixava marxar sense oposar-s'hi ni preguntar on anava. Suposo que, tal com estaven les coses, la Maria Àngels evitava, també, de trencar-li la girada per no haver de suportar les seves impertinències.

La Mariona era la cara oposada de la moneda. A ella tot li anava bé, li encantava la nostra companyia i la seva conversa era sempre animada i desbordant. Passava a casa la major part dels matins i només un parell de tardes va anar amb les seves amigues. No volia que aquestes posessin els peus a casa nostra fins al dia de la festa, el darrer dia de juny, i dedicava gran part del temps a confegir garlandes de papers de colors per guarnir la sala de dalt i a decidir què s'havia de comprar perquè el berenar fos «total».

N'estava gairebé segur, que la Núria no voldria prendre part en aquella festa d'inauguració i em vaig quedar molt sorprès el vespre que la Mariona ens va preguntar quants amics portaria cadascú, per saber la quantitat de menjar i beguda que s'havia de comprar.

—Nosaltres en serem deu —va informar la Núria senzillament, com si no tingués gaire importància.

Havia convidat més amigues ella que cap de nosaltres!

8

Malgrat que m'esforçava a pensar que aquella festa d'inauguració era una ximpleria, vaig decidir que no em convenia forçar noves situacions incòmodes ara que havia aconseguit que les meves estones de relació amb els membres de la família fossin, si més no, mínimament disteses. Enfrontar-me novament amb la mare em feia por i, pels seus comentaris, vaig entendre que ella donava per suposat que les meves amigues i jo faríem acte de presència a la festa. Vaig pensar que em seria més lleuger assistir-hi per pròpia voluntat que no pas perquè la mare m'hi obligués, ja que, en aquest cas, hauria hagut d'anar-hi igualment i, per manifestar el meu disgust, no hauria tingut altre remei que fer uns morros de pam tota la vetllada.

Convidaria tantes amigues com fos possible i, d'aquesta manera, sempre tindria gent coneguda amb qui parapetar-me. Va ser una llàstima que ja s'hagués acabat el curs i les meves companyes haguessin començat a dispersar-se als quatre vents. Tanmateix n'hi va haver nou que, encantades de la vida, em van confirmar la seva assistència. Totes elles estaven ansioses per conèixer els amics d'en Toni i d'en David, una munió de xicots de setze i disset anys, l'edat que més s'adeia a les nostres preferències en aquella època.

Havíem quedat que la festa començaria pels volts de les sis de la tarda, però vaig demanar a la Mireia que vingués abans perquè s'havien de fer canapès i preparar les safates amb galetes, olives, daus de formatge, patates, ametlles salades... A les quatre, ja teníem tota la feina distribuïda i cadascú es va ocupar del que li pertocava. En David, en Francesc i en Toni van dedicar-se a pujar cadires a la sala de dalt i, seguint les instruccions de la Mariona, van guarnir la sala, l'escala i la terrassa amb les garlandes de colors que s'havia entretingut a confegir. Mentrestant, la mare, la Mireia i jo vam preparar el berenar, tasca que ens va tenir ocupades fins a gairebé dos quarts de sis.

Si he de dir la veritat, a aquelles hores jo també em sentia impacient amb les perspectives de la tarda. Coneixia gairebé tots els amics d'en Toni i n'hi havia més d'un que em feia prou peça. A més, sentia curiositat per veure quina mena d'amics tenia en David. Però no vaig manifestar nerviosisme davant la mare. No volia que s'adonés que tenia interès en la seva festa.

Tan bon punt vam acabar d'enllestir el berenar, la Mireia i jo ens vam tancar a la meva habitació per empolainar-nos adequadament. Em vaig posar un vestit nou, de color palla, i vaig deixar que la meva amiga donés als meus ulls un toc de maquillatge. La mare deia que no tenia cap necessitat de cosmètics, però a mi m'agradava molt pintar-me els ulls ja que això em feia sentir més gran i més segura del que era en realitat.

—Què faig amb els meus cabells? —vaig preguntar demanant consell a la meva amiga.

—Per què no te'ls reculls en una cua alta? Així no et faran calor... i et queda bé.

Finalment no me'ls havia tallat. Aquella tarda que havia decidit d'anar a la perruqueria, la mare, amb la seva «notícia», me n'havia fet passar les ganes i l'endemà ja havia canviat d'opinió. Que lluny quedava ja aquella tarda!

Tenia una goma de vellut groc que, encara que era d'un to molt més pujat que el vestit, hi feia joc.

—Vols que et deixi el passador daurat? —vaig oferir a la Mireia—. Segur que queda perfecte amb els teus rínxols.

—Deixa-me'l provar...

Li quedava molt bé, tant que gairebé em vaig penedir d'haver-li'l deixat. De vegades em sentia un xic gelosa de la bellesa felina de la Mireia. I és que té uns ulls de color verd clar que criden la atenció per la seva transparència. És ben rossa i els seus cabells són arrissats i té la pell blanca, esquitxada de pigues petitones que li donen un aspecte molt simpàtic.

Encara no ens havíem acabat de pentinar que va sonar el timbre de la porta i, per l'aldarull que es va sentir a continuació, vaig endevinar que havien arribat algunes amigues de la Mariona. Pocs minuts després van arribar la Mercè, la Núria Rovira, la Carme i les altres companyes de l'escola, i la Mireia i jo vam córrer a rebre-les.

—Nena, quina casa! —va exclamar la Mercè impressionada.

—No us heu perdut? L'heu trobada fàcilment?

—Cap problema! Ens vas explicar molt bé com arribar-hi!

En David va sortir en aquell moment de la cuina, carregat amb una safata plena de gots. Vaig titubejar un instant abans de presentar-lo a les meves amigues.

—Aquest és en David —vaig dir força secament i sense cap més aclariment.

—Hola! —va dir saludant-les. I, adreçant-se a la Mireia, va afegir:— Aneu cap a dalt, oi? Vols pujar aquests gots?

Quines confiances amb la Mireia! Per què no m'ho havia demanat a mi, que era l'anfitriona?

La Mireia va agafar la safata i vam pujar totes cap a la sala gran.

—En aquest pis hi ha les habitacions —vaig explicar a les meves companyes quan vam ser al primer replà.

—Podem veure la teva? —va preguntar interessada la Mercè.

—Podem veure la d'en David? —va dir picardiosament la Carme.

—No us interessa la de la Mariona? —el meu to era tallant com el vent d'hivern. M'havia disgustat la mirada coqueta que la Carme havia llençat al David, només veure'l.

—La de la Mariona ens l'ensenyes un altre dia, eh, bonica!

Totes van riure menys jo, que no estava per a aquelles bromes. Només em faltava que en David es convertís en centre d'atracció per a les meves amigues!

A dalt, en Francesc i en Toni provaven l'equip de música. Em vaig sentir molt orgullosa del meu germà quan, amb un somriure franc als llavis, va acostar-se a saludar les meves amigues. Estava tan atractiu! No sé com se les arreglava per a estar tan moreno just en començar l'estiu...

De mica en mica van anar arribant els altres convidats. Nosaltres ens havíem instal·lat a la terrassa i des d'allí, vam controlar tots els que entraven per la porta principal. Les meves amigues semblaven lloros quan van veure els companys del David que travessaven, sense pressa, la placeta de l'estany.

—Noies, mireu qui s'acosta!

—Mare meva! Quina colla!

—Has vist que n'està de bo, aquell ros?

—Calla, calla! Està molt millor el dels pantalons marrons!

—Nenes, no us els comenceu a repartir tan d'hora!

En Toni em va venir a buscar per presentar-me la Montserrat, la germana d'en Francesc, i el seu marit. No em feia gens d'il·lusió conèixer-los i, a més, em sentia avergonyida perquè ja m'havia escapolit una vegada i ells ho devien saber. Però no podia continuar evitant-los i vaig afrontar la situació amb tota la dignitat de què era capaç.

—Montserrat, Ramon, aquesta és la meva germana Núria... No va poder venir l'altre dia... —en Toni va suavitzar molt aquell moment.

—Hola, maca! —i la Montserrat em va fer un petó en cada galta. Era una dona riallera i més jove del que jo l'havia imaginada—. Estic molt contenta de conèixer-te, però no vull que, per nosaltres, deixis les teves amigues... Ja ens veurem després, oi?

Em vaig tornar a trobar a la terrassa sense acabar de creure'm que hagués estat tan fàcil. La Mercè estava explicant les seves aventures com a dependenta de la boutique de la seva germana gran. Des que havia acabat l'escola, hi anava cada tarda per donar-li un cop de mà i així, de passada, es distreia i guanyava uns diners. Tenia molta gràcia per a explicar anècdotes i havia acaparat l'atenció de tot el grup:

—Allò no eren cames, eren columnes! —deia—. I, no obstant això, s'havia entestat a comprar-se una mini! Quan va sortir de l'emprovador amb una texana que no feia més d'un pam, vaig haver d'amagarme perquè no podia aguantar el riure. La meva germana prou que va intentar de vendre-li una faldilla llarga, però no hi va haver qui la fes canviar d'opinió!

La Núria Rovira es va mirar les cames i va preguntar:

—No les tinc pas com columnes, jo, oi?

Duia una faldilla molt curta, gairebé provocativa. Però les seves cames eren prou boniques com per a no amagar-les.

—No, maca, no t'amoïnis que tu estàs molt bé —la va tranquil·litzar la Carme.

Se'ns va acostar la mare. Estava molt elegant amb el seu vestit de fil de color teula.

—Hola, noies! —va dir alegrement—. Per què no entreu a berenar?

Vam ronsejar una mica abans de decidir-nos a entrar a la sala. Els convidats s'havien agrupat fent rotllanes i tothom xerrava animadament, tret de la meva germana i les seves amigues, que voltaven la taula on hi havia els canapès i ja havien començat a atipar-se. No sé qui havia posat un disc de l'Elvis, de l'any de la picor, que em va semblar molt poc adequat.

Ens vam servir begudes i vam picar com gallinetes (no pas com la Mariona i la seva colla), ara una oliva, ara un dau de pernil, mentre estudiàvem el personal. Els més grans havien pres possessió del sofà i no paraven d'opinar sobre les meravelles que en Francesc i la mare havien fet amb la casa. A més de la Montserrat i en Ramon hi havia dos matrimonis, amics de la mare, i dos senyors grans als qui ningú no em va presentar. Els meus avis materns i l'oncle Agustí no havien vingut. Tampoc no va assistir a la festa els avis d'en David, que es van excusar educadament, dient que ja vindrien un altre dia que no hi hagués tant de moviment.

Els amics d'en Toni i els d'en David ja s'havien començat a barrejar i estaven repartits per l'habitació, fent grupets i xerrant com si es coneguessin de tota la vida. Vaig pensar que els nois tenien molta més franquesa i menys inhibicions que no pas nosaltres, les noies...

Vaig sentir un copet amistós a l'espatlla i, en girar-me, em vaig trobar amb l'encaixada desgarbada d'en Manel, l'amic d'en Toni que li agradava a la Mariona.

—Què, noia? Feia temps que no ens vèiem, eh?

—Hola, Manel! Què m'expliques de nou?

—Ja m'agradaria explicar-te coses noves, però la meva vida és tan tranquil·la! Podries, això sí, presentar-me les teves amigues... Aquelles dues no les conec...

Mentre feia les presentacions van venir alguns xicots més. Coneixia tots els amics del meu germà, però també se'ns van acostar alguns amics d'en David. Ells mateixos es van presentar.

—Tu deus ser la Núria, oi? En David ja ens ha parlat de tu —va dir un noi de cabells negríssims i ulls brillants—. Jo sóc en Pau i aquest és en Dani...

—Ah! Vosaltres sou els que anireu de càmping amb en David?

—Sí! Per què no véns amb nosaltres? —els ulls d'en Pau eren picardiosos—. Segur que ens ho passaríem pipa!

—A mi sí que m'agradaria venir! —va intervenir la Carme amb un sospir teatral. I va afegir:— Però no em deixaran, és clar!

—Per què les noies sempre heu d'estar tan ben guardades? —va dir amb to de protesta en Dani—. Tan bé que ens ho podríem passar!

—Això mateix li ho podries preguntar al meu pare! No sé de què té por...

—Jo sí que ho sé! —va exclamar amb desvergonyiment el Pau.

Tot i que, en un principi, vaig pensar que aquell noi era un descarat, m'atreia la seva manera de comportar-se, tan desenfadada, i la seguretat amb què parlava. Semblava més gran que els altres, més home. Aviat em vaig deixar fascinar per la seva seguretat. Tota la tarda vaig sentir a sobre meu els seus ulls inquiets, i cap al tard, quan tothom ballava bojament, omplint la sala i la terrassa de contorsions desenfrenades, se'm va acostar i em va demanar, a cau d'orella:

—Ja n'estic una mica tip, de tanta música... Per què no anem a fer un volt pel jardí?

Vaig endevinar-li les intencions i el cor se'm va descompassar. M'agradava, m'enlluernava. No m'hi podia resistir.

Ens vam esmunyir dissimuladament. Al primer pis se sentien les rialles dels grans, que ja feia estona que havien optat per un lloc on no sonés la música omnipresent de Sau. Vam sortir sense que ens veiessin. Jo sabia que a la mare no li agradaria que me n'anés a passejar, encara que fos pel jardí de casa, amb un noi sol i gairebé desconegut.

—Com és que no heu organitzat la festa al jardí? —em va preguntar en Pau quan vam començar a vorejar l'estany.

—És que està molt abandonat. Encara no hem tingut temps d'arreglar-lo... Ha de venir un jardiner...

Tota jo estava tremolosa. Pressentia que quelcom d'extraordinari havia de passar. Ell, en canvi, es mostrava enraonador i distès. M'atreia poderosament.

Quan vam deixar enrere la placeta, i els arbres i matolls ens van protegir dels esguards tafaners, la seva veu va adoptar uns matisos molt més càlids i la nostra conversa va derivar cap a temes més confidencials.

—En David em va dir que tens un caràcter massa fort, que no et va bé res... Vols dir que no s'equivoca?

Una onada d'indignació em va envair per uns moments. Qui era en David per parlar de mi amb els seus amics? Què s'havia cregut?

—Al David més li valdria preocupar-se de les seves coses! —vaig dir enfadada.

—Em sembla que no em va saber fer un bon retrat de tu... T'imaginava adusta, intractable...

—Com et sembla que sóc, doncs? —vaig preguntar amb coqueteria.

—Físicament ets molt maca... i intueixo que tens una personalitat ferma, que saps el que vols. M'agrades...

En Pau començava a llençar-se a l'atac, i a mi, després d'aquells dos mesos de tensions, em convenia una bona dosi de comprensió, de tendresa. En Pau era exactament el que necessitava!

Havíem arribat a la glorieta. Les plantes enfiladisses havien teixit, al llarg dels anys, un autèntic sostre, enroscant-se entremig de les bigues de fusta. Aquell racó tenia l'encant d'un abandó mesurat i oferia un recolliment incitant. A l'esquerra, un banc de fusta, amb la pintura clivellada, ens invitava a seure.

—En David té molta sort, però no sé si se n'adona —va continuar en Pau després d'acomodar-se al meu costat.

—No sé per què ho dius, això...

—No tothom té l'oportunitat de viure a la mateixa casa on viu una noia tan bonica com tu...

Havia passat el seu braç per damunt del respatller del banc i tot el seu cos estava provocativament a prop del meu. Em mirava amb uns ulls d'esguard flonjo i els seus llavis, tan pròxims, començaven a obsedir-me.

—És una llàstima que les vacances ens hagin de separar, ara que ens hem conegut... De debò que no vols venir amb nosaltres, de càmping?

—No és que no vulgui... encara que no tinc cap desig de marxar de vacances amb en David. És que passaré tot el mes de juliol amb el meu pare...

—I després? Seràs per aquí?

—No ho sé. No tinc ni la més remota idea de quins plans han fet en Francesc i la meva mare...

—Tan de bo que no marxeu a l'agost! M'agradaria que ens tornéssim a veure aviat...

El meu cor bategava esbojarradament. Era la primera vegada que un noi manifestava obertament el seu interès per mi. Em sentia afalagada i enlluernada.

—A mi també m'agradaria... —vaig murmurar amb els ulls baixos.

Una lleu pressió de la seva mà sota la meva barbeta va fer-me alçar el rostre i els meus ulls es van trobar amb els seus, tan pròxims, tan dolços... Sabia que em besaria i els meus llavis, anhelants, tremolaven d'impaciència. Lentament, el seu cap es va acostar encara més al meu i, just quan vaig aclucar els ulls, vaig sentir com els seus llavis es posaven sobre els meus amb una dolcesa infinita. Va ser fascinant aquell primer petó, tant que, quan vaig tornar a obrir els ulls, em va sorprendre que tot seguís igual al meu voltant. Em sentia transportada a un altre món!

En Pau em mirava amb els ulls brillants d'excitació. A l'acte vaig notar que la tendresa d'uns instants abans havia donat pas a un altre sentiment, molt més poderós, i em vaig sentir atemorida. Va tornar a besar-me, aquesta vegada amb un desig incontrolat i una violència tan descarada que em vaig enretirar bruscament, fastiguejada, i vaig arrencar a córrer cap a la casa amb els ulls negats per la ràbia, la vergonya i la por.

Estava cansat de somriure, de pronunciar frases buides, de la música estrident que m'omplia el cap, d'escoltar les beneiteries amb què els uns i els altres es distreien, d'evitar les mirades provocatives d'una amiga de la Núria que se m'enganxava com una llapassa.

Vaig sortir a la terrassa. La Mariona i la seva colla xiuxiuejaven les seves confidències i no van fer cap cas de la meva presència. Em vaig recolzar a la barana. Era una delícia sentir-me sol per uns moments. Tenia ganes que acabés aquella festa... Si hagués pogut, me n'hauria anat a tancar-me a la meva habitació, però això hagués estat una descortesia envers els meus amics i no em vaig permetre el gust.

Un moviment entre el fullam dels arbres va centrar la meva atenció. Al cap d'un moment vaig veure la Núria que travessava la placeta corrent, seguida a poca distància pel Pau.

Coneixia en Pau des de feia anys i de seguida em vaig imaginar què havia passat. Una ira sorda em va fer tancar fortament els punys. Com havia estat capaç d'intentar seduir la Núria? Les seves estratègies, que en altres ocasions m'havien fet riure, em van semblar insuportables ara que la seva presa era la Núria. No podia justificar aquesta ràbia perquè, justament, ella no es mereixia que jo me'n preocupés. Però, tot i així, suposo que me'n sentia responsable.

Aquell vespre no vaig tenir oportunitat de parlar amb en Pau, però pocs dies després, quan ja estàvem acampats als afores de Palamós, vam tenir una enganxada que va deixar la qüestió tancada i que, a més, em va fer obrir els ulls a allò que abans no havia ni sospitat.

Havíem acabat de sopar i sèiem a taula sense decidir-nos a anar a rentar els plats. Va ser en Dani qui, d'una manera indirecta, va iniciar el tema:

—Què us sembla si anem a prendre un cafè al bar? Ja seria hora que féssim algunes amistats, no? Hi ha d'haver moltes noies maques esperant que donem senyals de vida...

—Bona idea! —vaig aprovar jo—. Ja començo a estar tip de tanta tranquil·litat...

—Tu rai! —va intervenir en Pau—. Ja m'agradaria a mi estar a la teva pell!

Aquelles paraules em van fer posar en guàrdia.

—Què vols dir amb això?

—Que tu tens un bombó a casa teva mateix... Ja li has clavat mossegada?

Més que els mots en si, va ser la forma de dir-ho, aquella superficialitat i aquella grolleria amb què s'havia expressat, el que em va fer aixecar-me d'una revolada per plantar-li cara. El record viu de la Núria, travessant la placeta, fugint de l'atreviment d'en Pau, es va sumar a les seves paraules i m'havia enfurismat de debò.

—Què dius, ara? Que et penses que tots som com tu? Com goses insinuar que...?

Tots dos em miraven amb ulls de sorpresa. Les meves reaccions no solien ser tan brusques.

—Caram, noi! No cal que et posis així! —va dir en Pau amb un to falsament conciliador. I va afegir:—És molt normal que la vulguis per a tu solet... Series molt ximple si desaprofitessis l'ocasió!

Vaig saltar sobre ell, cec d'indignació. D'una estrebada, agafant-li en un manyoc la samarreta, el vaig fer posar dret i, abans que fos capaç de reaccionar, li vaig llençar un cop de puny que el va fer caure d'esquena. Sense aturar-me a esbrinar si li havia fet gaire mal ni esperar que ell es defensés, vaig marxar d'allí amb la cara congestionada i la sang bategant-me, a glopades, als polsos.

Vaig estar caminant per la pineda sense tenir constància de l'espai ni del temps. Quan les ombres de la nit es van fer tan denses que gairebé no podia veure on era, vaig aconseguir de tranquil·litzar-me i de deixar pas als raonaments.

Per què m'havien enfurismat tant les paraules d'en Pau? Per què m'havia dolgut descobrir, la tarda de la festa, que en Pau havia intentat lligar-se la Núria? Com podia justificar aquell cop de puny si jo era una persona que defugia la violència? Per què m'havia erigit en defensor de la Núria si ella no havia mostrat mai la més petita consideració envers la meva persona?

La resposta em va colpejar bruscament: m'agradava la Núria. Per què, si no, sentia tan dolorosament la seva llunyania? Per què desitjava tant descobrir tot el que s'amagava sota aquella capa protectora d'indiferència, de menyspreu, d'obstinació? Per què intuïa la seva fragilitat sota aquella disfressa de duresa?

Em costava d'acceptar-ho. No havia de ser gens fàcil arribar a ella. Hauria de lluitar pam a pam per aconseguir el seu afecte en aquelles circumstàncies tan adverses. Però aquella nit d'estiu, sota els pins que van ser testimoni de la meva descoberta, vaig saber que no podia renunciar sense intentar-ho.

Quan vaig tornar al càmping, des de la serenor que em donava l'acceptació d'aquells sentiments que havien brollat amb violència, em vaig disculpar davant els meus amics i vaig permetre que el silenci de la nit embolcallés el meu dolç secret.

9

Després de passar un mes voltant d'un lloc a l'altre, amb el meu pare, la Mercè i els meus germans, ja tenia ganes de tornar a casa. El pare i la Mercè sempre organitzaven les vacances de manera que viatgéssim constantment. Gairebé mai no passàvem dues nits al mateix lloc. Fèiem molts quilòmetres, visitàvem pobles i ciutats, organitzàvem caminades per muntanya... però mai no ens quedàvem prou temps com per a fer amistats ni per a recórrer un mateix carrer dues vegades. A més, ja estava fins al capdamunt de sentir les eternes discussions entre el pare i la Mercè, cada any amb el to més aspre, cada dia més freqüents.

—No has dit que havíem de desviar-nos a la dreta abans d'arribar a Astorga? —preguntava, per exemple, el pare.

—Sí, però encara no hi som, a Astorga, oi? —responia la Mercè.

—Estàs segura que no ens hem saltat el trencant? Hem passat una cruïlla no fa gaire...

—Que no, que és més enllà! —assegurava ella.

—Només falten deu quilòmetres per a arribar a Astorga...

—Escolta, noi, si no confies en la meva eficàcia com a copilot, per què no agafes tu els mapes? —la veu de la Mercè, en aquest punt, ja començava a ser punxeguda.

—Jo no dic que no confiï en tu, només és que gairebé ja som a Astorga i has dit que el trencant era abans...

—Qualsevol diria que m'he equivocat gaires vegades!

—No, preciosa, tu no t'equivoques mai...

—Amb la xarxa de carreteres, no. Però amb altres coses penso que sí que l'he ben pifiada!

—Doncs ja saps què has de fer, no? La porta sempre és oberta!

Discussions com aquesta sovintejaven perillosament i més d'una vegada vaig témer que la Mercè ens deixaria plantats, en un cop de geni. Suposo que no era del tot fàcil per a ella haver de carregar amb nosaltres tres, durant tot un mes, a totes hores. En realitat, no li donàvem massa feina, perquè cadascú ja s'espavilava amb el seu equipatge i tenia cura de la seva roba, però comprenc que la nostra presència constant, les nostres baralles absurdes, els marejos de la Mariona cada vegada que passàvem un port de muntanya... i els meus múltiples defectes que no cal enumerar aquí, eren prou raons per a fer-la posar nerviosa.

El pare estava satisfet de poder compartir amb nosaltres aquells viatges, però després de l'entusiasme dels primers dies començava a manifestar-se irritable i impacient. Ja havia perdut el costum de buscar solucions salomòniques quan hi havia tres propostes diferents sobre com passar la tarda o sobre si era millor un restaurant xinès que una pizzeria...

Aquell estiu vam voltar per les comunitats de Castella-Lleó i Castella-La Manxa i vam visitar des de la catedral de Lleó amb les seves magnífiques vidrieres, fins a la ciutat emmurallada d'Àvila, passant per la Sòria de Machado i les planures tòrrides de la Manxa del Quixot.

M'agradava viatjar i conèixer món, però ja tenia ganes de tornar a veure la Mireia, de poder tancar-me a la meva habitació, d'organitzar-me la vida a la mida del meu gust.

Els darrers dies del mes de juliol se'm van fer llarguíssims. Tot i que sortia força amb els meus amics, la idea de tornar a veure la Núria em neguitejava. Segurament la vaig idealitzar molt durant aquelles dues setmanes. Vaig suavitzar els seus defectes i vaig multiplicar els seus atractius. M'imaginava mil i una converses carregades d'insinuacions velades, fins a arribar a confessar-li que m'havia enamorat d'ella. Altres vegades, quan el meu caràcter realista s'imposava, pensava com em seria de difícil aconseguir que els seus sentiments sintonitzessin amb els meus.

Una tarda que vaig passar sol a casa, no vaig poder reprimir l'impuls d'anar a tafanejar la seva habitació. En realitat no es tractava tant de xafardejar entre les seves possessions com d'alleugerir el desig de sentir-la més a prop meu, saber més de la seva personalitat, de les seves preferències, dels seus somnis. El llit estava fet, sense cap arruga en el cobrellit estampat de tons ocres i grocs. Damunt la calaixera començaven a empolsegar-se una nina de ceràmica, una caixa de vidre plena de passadors i gomes per al cabell i un joier lacat, amb dibuixos xinesos. Vaig obrir el joier i una música coneguda va sonar amb gust de metall. Anells, arracades, penjolls, gairebé tot de plata, reposaven en compartiments encoixinats de vellut granat. Petits objectes que ella havia portat, encara que la majoria m'eren desconeguts, em van fer sentir una càlida sensació. A la prestatgeria, a més dels llibres que s'havia negat a traslladar a la biblioteca, reposaven dos àlbums de fotos que em van tenir entretingut una bona estona. Vaig somriure amb les imatges dels seus primers anys de vida, quan era un bebè, les seves primeres passes de la mà d'un Toni amb pantalons curts i cara de xicot responsable, el posat angelical en les fotos de la comunió, divertides escenes en les excursions escolars, primers plans d'adolescent somniadora... De l'evocador blanc i negre dels primers anys als colors brillants d'una juventut eixerida, malgrat la tristesa fugissera de determinats posats massa estudiats. Vaig saber que jo només coneixia d'ella la part més esquerpa... Totes aquelles imatges em parlaven de la Núria que jo podia intuir, de la Núria que volia descobrir. Alegria, somnis, despreocupació, simpatia... es feien palesos en el seu rostre, pàgina rere pàgina, any rere any.

La darrera fotografia em va fer tancar l'àlbum de cop. Era molt recent i el seu esguard, tan penetrant, em va fer la impressió que em retreia el que estava fent. En realitat, no tenia cap dret d'estar allí, a la seva habitació, ficant el nas en les seves coses. Tanmateix, però, quan vaig tancar la porta darrere meu, la sensació d'estar més a prop seu em va reconfortar.

Juliol semblava cançoner fins a la crispació. Els dies eren llargs, calorosos i pesants. Per molt que intentés omplir-los d'activitat, sempre em quedaven hores buides per a seguir donant voltes a les qüestions que em neguitejaven. Em sentia mancat de quelcom de vital...

Enyorava els capvespres de xerrada amb en Toni, el bellugueig i l'alegria de la Mariona i, sobretot, necessitava veure la Núria sota la llum nova que havia nascut en mi.

Em resultava dolorós estimar-la.

10

No tenia cap desig de quedar-me a mirar la tele ni tampoc no em venia de gust tancar-me a la meva habitació. Tot i que havíem sopat tard, la nit encara no s'havia acabat d'instal·lar al defora i em sentia descansada i lleugera. No em podia creure que fos tan agradable la sensació de tornar a ser a casa! Feia tan sols un mes que em delia per marxar d'allí, per oblidar les tensions i per obrir un parèntesi de tranquil·litat després de les experiències que havien sotragat la meva vida. I ara, en retrobar tot el que havia odiat, em sorprenia aquella sensació de benestar, d'equilibri.

Els meus germans i en David s'havien acomodat a la terrassa i vaig anar a seure amb ells. Damunt la taula blanca cremava una espelma dins d'una palmatòria de terrissa que no tenia present haver vist abans.

—Que no funciona el llum elèctric? —vaig preguntar estranyada.

—Sí, però la claror de l'espelma és més agradable... De tota manera, si prefereixes...

—No, no! A mi també em va bé així! —vaig apressar-me a interrompre en David que ja s'aixecava per anar a prémer l'interruptor.

—I què en vau fer, amb el pop? —va continuar la meva germana amb la conversa que jo havia trencat.

—Ens el vam menjar per a sopar. Estava una mica dur, però era molt saborós.

Vaig endevinar que estaven parlant de les vacances d'en David, dels dies que havia passat a la costa amb en Dani i en Pau.

—Vau caçar un pop? —em vaig interessar.

—Bé... jo no, el va caçar en Pau.

M'ho va semblar a mi o aquella mirada d'en David manifestava que sabia tot el que havia passat entre en Pau i jo el dia de la festa? Vaig desviar els ulls i em vaig concentrar en el bellugueig de la flama de l'espelma.

—Us en vau sortir bé amb les olles i cassoles? Què us fèieu per a menjar?

—Entrepans, entrepans i més entrepans! —va dir rient en David. I va afegir més seriós:— Bé, un dia ens vam fer espaguetis i també recordo un memorable arròs bullit, pastat i llefiscós, que gairebé no es podia menjar...

—Que divertit! Ens ho hauríem de muntar l'any que ve i anar-hi nosaltres també, de càmping! Oi que al Dani i al Pau no els sabria greu que ens hi apuntéssim? —la Mariona estava engrescada com si parlés de la setmana vinent.

—De segur que estarien més que contents, si veníeu tots.

En David va remarcar aquesta darrera paraula i em vaig trobar amb els seus ulls quan vaig aixecar el cap. Era la segona indirecta que m'adreçava aquella nit i, sense pensar-m'ho gaire, li vaig deixar clar que en Pau no m'interessava.

—Potser ells sí que n'estarien contents, però jo prefereixo altres companyies...

—No et van agradar els meus amics? —va insistir.

Em va semblar massa descarada la seva pregunta i no m'abellia aprofundir en aquell tema, amb els meus germans presents.

—No tots! —vaig contestar amb lleugeresa, alhora que m'aixecava i me n'anava cap a la balustrada per evitar de donar més explicacions.

Ja era ben fosc i el jardí, als meus peus, es veia preciós. En Toni i en David s'hi havien fet de valent per aconseguir una instal·lació elèctrica que donés relleu als parterres florits, a l'espès fullam dels arços, als poms d'hortènsies... i a la glorieta on havia tingut lloc aquella escena que no em feia sentir gens orgullosa de mi mateixa. Hi havia donat moltes voltes i vaig reconèixer que, si no hagués estat tan provocativa, en Pau no s'hagués pres tantes confiances. M'avergonyia pensar que en Pau havia parlat amb en David d'aquella tarda. M'imaginava el seu posat vanitós mentre explicava l'escena. Estava segura que en Pau era d'aquelles persones que distorsionen la realitat per tal de deixar bocabadats els altres. Què devia opinar de mi en David? Vaig pensar que, si volia recuperar la meva deteriorada imatge als seus ulls, calia que aclarís convenientment el que havia passat la tarda de la festa. Si en David havia escoltat la versió d'en Pau, era just que també sentís la meva...

En aquells moments no m'adonava de fins a quin

punt havia canviat la meva postura respecte d'en David. Abans de marxar de vacances m'hagués importat un rave la idea que ell pogués tenir de mi. En canvi, aquella nit, sentia la necessitat imperiosa i urgent d'exculpar-me, de justificar-me.

Molt oportunament, en Toni i la Mariona van decidir d'anar a fer una ullada a la pel·lícula que passaven per la televisió. Suposo que si hagués disposat de temps per a madurar la idea, me n'hagués desdit de plantejar-la, però tal com van anar les coses, no vaig tenir ocasió de sospesar els pros i els contres. Decidida, vaig tornar a seure i vaig abordar directament el tema:

—No volia parlar-te'n davant dels meus germans... Ara que han marxat, deixa'm dir-te que el teu amic Pau és massa llençat per al meu gust...

Defugia els meus ulls i estava nerviós. No parava de fer voltes al got de Coca-Cola que tenia al seu davant, damunt la tauleta. Com que no va dir res, vaig continuar:

—Tampoc no és que em vulgui treure totes les culpes de sobre, perquè reconec que vaig donar peu a... Però ell va voler anar més lluny que jo i no em va agradar gens...

Què més podia afegir? Desitjava que trenqués el seu silenci, que em preguntés alguna cosa, que fes algun comentari. Tenia la desconcertant sensació que en David gairebé no m'escoltava, com si tingués el cap en un altre cantó. I continuava fent voltar el seu got. No em mirava.

—No sé què és el que ell t'ha pogut explicar, però em sabria greu que pensessis...

Vaig deixar la frase en suspens. Què més havia de dir? Per primera vegada en aquells minuts, que a mi se'm van fer eterns i difícils, va aixecar els ulls i em va mirar de front. Hi havia quelcom en el seu esguard que em va fer estremir.

—Vaja...! —va dir amb veu trencada—. No em semblava que et preocupés gens ni mica el que jo pogués pensar...

Hi havia en les seves paraules una al·lusió velada a l'esquerpa actitud que jo havia adoptat setmanes enrere, abans de marxar de vacances amb el pare. Vaig enrogir, n'estic segura, i vaig agrair que la bellugadissa claror de l'espelma li impedís d'adonar-se'n.

—Jo no... no volia que... —em maleïa els ossos per balbotejar d'aquella manera—. No sé què t'ha explicat en Pau... Volia aclarir-ho...

Encara tenia els seus ulls clavats en els meus, com si em volgués endevinar.

—Vam tenir unes paraules, una nit...

—Què vols dir? Vàreu discutir?

Va somriure, complagut amb el record.

—Mai no m'havia pegat amb ningú... Però, aquell cop de puny se'l va merèixer...

Aquella revelació em va sorprendre tant que, per uns instants, vaig pensar que estàvem parlant de temes diferents. Em va costar d'articular la meva pregunta:

—Us vau pegar per culpa meva?

Sospito que s'hagués volgut fondre abans que respondre'm. Segur que es maleïa per haver enraonat més del compte.

—No va ser res de greu...

Malgrat que la meva curiositat s'havia desvetllat, em feia por insistir. Intuïa que darrere de tot allò s'amagava una realitat que jo no estava preparada per a digerir. De cop i volta em vaig sentir extremament violenta pel fet de ser allí, tots dos sols, secretejant a la llum d'una espelma.

—Bé... Me'n vaig a llegir una estona —vaig comunicar-li bruscament, empesa per la urgència de trencar aquella absurda situació.

—Espera! —hi havia molt de súplica en aquell mot que va néixer impremeditadament dels seus llavis.

El vaig interrogar amb la mirada. M'inquietava aquella escena i només volia fugir d'allí.

Va desviar els ulls, notòriament trasbalsat, i no va tenir prou coratge per a afrontar al motiu del seu neguit.

—Deixa-ho córrer... —va murmurar.

Estava disposat a lluitar per guanyar-me l'afecte de la Núria i sabia que no em seria gens fàcil aconseguir, no ja que m'estimés, sinó, tan sols, que deposés aquella actitud d'indiferència amb què ens havia tractat, al pare i a mi, durant els dies que vam conviure-hi. Encara no comprenia què tenia ella que m'atragués tan fortament... Em preguntava si no era masoquisme aquella tendresa que jo sentia envers ella, que només m'havia dirigit paraules sarcàstiques i fuetejants...

Em va agafar ben bé de sorpresa el seu canvi d'actitud quan va tornar. No semblava gens contrariada pel fet de retrobar-nos... El seu mutisme d'abans havia desaparegut per a donar pas a una conversa fluida i espontània que li esqueia molt més. S'unia al Toni i a la Mariona en les seves explicades del mes que havien estat fora i, fins i tot, reia. Era possible que s'alegrés de tornar a ser a casa? No m'ho podia creure!

Vaig estar molt a punt, aquella primera nit, de confessar-li els meus sentiments. No tenia pas la intenció de fer-ho perquè m'havia mentalitzat que la cosa seria lenta, un camí llarg i penós fins a aconseguir, de primer, que no em mirés amb fredor i, més endavant, que m'arribés a apreciar. Però aquell vespre va ser ella qui va començar a parlar d'en Pau, com si em degués una explicació, i la nostra conversa va adquirir un to intimista que em va donar ales. Quan li vaig dir que en Pau i jo havíem tingut un altercat, vaig veure com el seu interès creixia, però no vaig gosar donar-li més detalls perquè hagués quedat massa clar el motiu de la discussió. Tot i que ella semblava molt més receptiva que mai i no crec que hagués reaccionat massa negativament, no em vaig atrevir a aprofundir en el tema...

Quan es va aixecar sobtadament i em va dir que se n'anava a llegir, em va saber tan de greu que volgués trencar aquell moment màgic que vaig intentar retenir-la, però no vaig ser capaç de pronunciar les paraules que em ballaven pel cap en constant repetició: «No te'n vagis, Núria. T'haig de dir una cosa...»

Tenia la sensació que mai més no se'm presentaria una altra oportunitat com aquella, que mai més no la sentiria tan a prop meu, tan oberta a escoltar allò que necessitava dir-li.

M'equivocava llargament: des d'aleshores endavant, si una cosa no m'havia de faltar eren oportunitats...

L'endemà mateix, al vespre, es van repetir les circumstàncies d'aquella primera nit d'agost. Només acabar de sopar, tots quatre ens vam acomodar entorn de la taula de la terrassa i va ser la mateixa Núria qui va encendre l'espelma que jo havia oblidat allí la nit anterior.

—Juguem a alguna cosa? —va proposar la Mariona.

—Coneixeu la canastra?

—No, què és això?

—És un joc de cartes... S'hi juga per parelles... No és senzill perquè s'han de recordar molts detalls, però, si n'apreneu, estic segur que us agradarà molt. Ho voleu provar?

—Tenim tota la nit per a aprendre'n! —va fer la Núria.

Vaig anar a buscar les cartes i em vaig armar de paciència. No és gens divertit ensenyar a jugar a la canastra perquè, abans no se n'ha agafat l'aire, s'hi han d'esmerçar moltes hores. Però vaig pensar que podíem gaudir de bones estones, tots quatre, si tenien perseverància per a aprendre'n. Després de dues hores ja dominaven la mecànica del joc i es pensaven que ja en sabien.

—Ja veureu que, quan hi haureu jugat set o vuit partides pensareu, com jo, que no hi ha cap joc millor...

—Per què set o vuit partides? Si ja en sabem! —va sorprendre's la Mariona.

—No t'ho creguis! —vaig riure—. Ara heu d'aprendre a controlar el contrari, a preveure les seves possibilitats, a marcar la pila, a intuir el joc del company... I no et pensis que ho aprendràs avui, això...

—No, avui ja n'he tingut prou! És molt divertit, però em sembla que el cap m'esclatarà si he d'assimilar més coses!

—És molt interessant —va reconèixer en Toni—. No té res a veure amb els jocs que són purament d'atzar...

—Qui te'n va ensenyar? —va preguntar-me la Núria.

—El pare. Ja fa uns quants anys que ell i jo ens enfrontem a la tia Montserrat i a l'oncle Ramon...

—Tornarem a jugar demà? —va inquirir la Mariona.

—Si hem de fer set o vuit partides per a acabar d'aprendre, com més aviat les fem, millor, no? Si deixem passar gaires dies ens n'oblidarem...

Em sentia molt satisfet d'haver aconseguit que la Núria s'interessés per aquell joc.

—Molt bé! Demà hi tornarem a jugar! —va acceptar en Toni—. Ara me'n vaig a llegir una estoneta...

—Uff! Si són gairebé les dotze! Val més que me'n vagi a dormir abans que la mare em vingui a escridassar!

La Núria no es va moure quan els seus germans se'n van anar. Mentre havíem estat tots quatre, jugant a la canastra, l'ambient era agradable i distès, però tan bon punt en Toni i la Mariona van desaparèixer em vaig sentir tens i encarcarat... Estava obsedit amb el dubte de manifestar-li o no el que sentia i em feia l'efecte que ella podia llegir els meus pensaments ja que, de tan pesants, gairebé em semblava que s'havien materialitzat. Sortosament, ella va trobar un tema de conversa que va centrar la meva atenció i va distreure'm, almenys en part, del meu neguit. Potser vam passar una hora parlant de les vacances, dels quinze darrers dies d'agost que aniríem a l'apartament que els meus oncles tenien a Llafranc i de records d'altres estius.

La Núria que jo havia intuït començava a mostrar-se'm. De mica en mica anava superposant transparències, trossets d'ella mateixa que em donaven a conèixer una personalitat, encara vacil·lant, però allunyada de frivolitats. L'escoltava embadalit i em sorprenia que ella posés tanta atenció quan jo li contava anècdotes que havíem viscut el pare i jo durant les nostres estades a Llafranc, en anys anteriors.

Si no hagués estat perquè la Maria Àngels ens va venir a recordar l'hora que era, haguéssim pogut estar-nos allí fins a l'albada. Jo havia perdut la noció del temps i, pel que semblava, a ella li passava el mateix...

Em va costar molt d'adormir-me aquella nit. La Núria havia demostrat clarament que no em defugia, fins i tot, suposava esperançat que la meva presència no li era desagradable. Per què, si no, havia perllongat aquella vetllada?

11

Han passat tres anys des d'aleshores. De vegades m'haig de forçar a recordar aquell temps en què encara no vivíem amb en Francesc i en David perquè sovint perdo de vista que abans no tenien res a veure amb mi. Diria que sempre han format part de la meva realitat...

No sé del cert en quin moment vaig ser conscient que en David era important per a mi. No va ser una descoberta puntual d'un moment revelador, sinó que, de mica en mica, he anat acumulant dins meu tot un seguit de sensacions trasbalsadores que, finalment, m'han abocat a la conclusió que l'estimo. I —n'estic segura— ell també m'estima. Quan faig un passeig pels records d'aquests anys, se'm fa tan evident el que ell sent per mi que no puc evitar de somriure. M'haig de remuntar fins a aquell primer estiu per a trobar els orígens d'aquest sentiment: les vetllades a la llum vacil·lant de l'espelma, la seva sol·licitud a Llafranc quan m'acompanyava a tot arreu i em presentava als seus amics amb un aire d'orgull... I, més tard, el seu disgust quan jo vaig començar a sortir amb en Roger, la seva satisfacció quan ho vam deixar córrer, les mirades que volien endevinar què passava pel meu cap, les hores que ha esmerçat escoltant la meva xerrameca, les seves cartes farcides d'insinuacions velades durant els vuit mesos que va passar a Londres, l'abraçada amb què em va embolicar quan va arribar a l'aeroport del Prat...

Fa dues setmanes que ha tornat. És tot un home, ara. Quan el sento enraonar, tinc la sensació que ha adquirit un aplom i una seguretat en si mateix que em fan sentir ridícula al seu costat. Però, tot plegat, si li llenço una mirada penetrant o deixo caure algun comentari de doble sentit, el veig dubtar i balbotejar com un adolescent.

No sé si serà capaç de decidir-se a manifestar-me el que sent per mi i jo ja començo a estar tipa d'esperar. Qualsevol dia d'aquest seré jo qui, finalment, plantegi la situació...

No sé què em va impedir aquell primer estiu que vam passar junts, de confessar-li tot allò que sentia. Segurament la vaig veure massa jove —era gairebé una nena aleshores!— i comprenia que era prematur iniciar aquell camí. El cas és que, a mesura que s'escalonaven els mesos, la meva dificultat per a plantejar-li-ho creixia sistemàticament. Quan va començar a sortir amb en Roger vaig estar a punt de llençar-me a la desesperada i jugar-m'ho tot a una carta però, caram, sempre haig de rumiar massa les coses i vaig decidir que el temps diria... El temps, que s'ha convertit dia a dia en el meu enemic i ha fet més i més infranquejable una situació que no tindria per què ser gens difícil. Quantes vegades he pensat «ara és el moment de dir-li-ho» i no he gosat? Com he estat capaç de vèncer la temptació de fer-me transparent per mitjà d'una de les moltes cartes que li he escrit durant la meva estada a Londres? Hagués estat tan fàcil escriure les quatre paraules que mil vegades m'he repetit i que mai no he pogut pronunciar en tenir-la a prop!

Fins avui.

El pare m'ha dit que podia agafar el seu cotxe per a anar al cinema amb la colla, i la Núria, que havia quedat amb la Mireia, m'ha preguntat si em feia res d'acompanyar-la. Durant el primer tros de camí no hem enraonat gairebé gens i em semblava que la tensió que hi havia entre nosaltres es podia tocar. Per fi, quan érem aturats en un semàfor, ella s'ha girat cap a mi i m'ha mirat directament, sense vergonya, sense neguit.

—Escolta... És molt important que vagis al cinema amb els teus amics, avui? —m'ha preguntat.

M'he quedat tallat. No entenia a què venia aquella pregunta.

—No... És a dir... He quedat amb ells...

—No t'agradaria que anéssim a algun lloc, tu i jo sols?

He admirat la seva valentia. A més de les seves paraules, que eren del tot transparents, no deixava de clavar els seus ulls en els meus. M'he obligat a posar-me a la seva altura, a afrontar aquell moment ineludible.

—Ja ho saps, oi, que res no m'agradaria més? —la veu m'ha sortit enrogallada, trencada.

—Sí que ho sé —ha dit ella somrient—. Però, de tota manera, prefereixo que m'ho diguis abans que haver d'anar endevinant...

No ha pogut continuar parlant perquè l'he besada. Cap paraula no hagués estat prou adequada en aquell moment. En canvi, amb un petó li he dit tot allò que tantes vegades he estat a punt de confessar-li. El semàfor ha canviat de color i els cotxes que esperaven al nostre darrere han començat a tocar el clàxon. Mort de vergonya, m'he desfet dels seus braços, que em tenien presoner, i he posat la primera. Ella ha rigut, feliç, i ha dit amb el seu to més càlid:

—Bé, David, on anem?

ÍNDEX